Andreas Brüll

Der Hirt des Hermas

Nach Ursprung und Inhalt untersucht

Andreas Brüll

Der Hirt des Hermas
Nach Ursprung und Inhalt untersucht

ISBN/EAN: 9783743492202

Hergestellt in Europa, USA, Kanada, Australien, Japan

Cover: Foto ©Andreas Hilbeck / pixelio.de

Manufactured and distributed by brebook publishing software (www.brebook.com)

Andreas Brüll

Der Hirt des Hermas

Der

Hirt des Hermas.

Nach Ursprung und Inhalt untersucht

von

Dr. Andreas Brüll.

Mit Approbation des hochw. Herrn Erzbischofs von Freiburg.

Freiburg im Breisgau.
Herder'sche Verlagshandlung.
1882.
Zweigniederlassungen in Straßburg, München und St. Louis, Mo.

Buchdruckerei der Herder'schen Verlagshandlung in Freiburg.

Inhalt.

Seite

Vorbemerkungen über die Einheit des Hirten des Hermas v

A. Der Ursprung des Hirten des Hermas.

I. Das Selbstzeugniß des Hirten 1
II. Die Tradition über den Hirten 7
III. Die inneren Merkmale der Unächtheit des Hirten 13
IV. Der wahre Ursprung des Hirten 20

B. Plan und Eintheilung des Hirten des Hermas . . 25

C. Die Lehre des Hirten des Hermas.

I. Die Lehre des Hirten von der Sündenvergebung 33
II. Die Eschatologie des Hirten 39
III. Die Christologie des Hirten 42
IV. Die Lehre des Hirten vom Episkopat und Primat . . . 46
V. Der katholische Charakter des Hirten 51

Nachträge.

I. Der Hirt des Hermas und die Geschichte des Montanismus 55
II. Der Hirt des Hermas und die Bußdisciplin der römischen Kirche 57

Vorbemerkungen über die Einheit des Hirten des Hermas.

In der vorliegenden kleinen Schrift, in welcher wir unsere Anschauung über den zwar dunkeln, aber für die älteste Kirchen- und Dogmengeschichte nicht unwichtigen Hirten des Hermas kurz darlegen wollen, sind wir von der bisher üblichen Annahme ausgegangen, daß der Hirt eine einheitliche Schrift eines Verfassers sei. Diese Annahme ist jedoch neuestens von zwei Seiten bestritten worden; und es mag daher eine kurze vorläufige Rechtfertigung der gewöhnlichen Ansicht über die Entstehung des Hirten hier am Platze sein.

Zuerst hat der Graf von Champagny in seiner berühmten Schrift[1] über die Antoninen die Einheit des Hirten des Hermas in Abrede gestellt und die Visionen I—IV dem apostolischen Hermas, dem Zeitgenossen des römischen Clemens, zugeschrieben, während er die Mandata und Gleichnisse, sowie die dieselben einleitende Vis. V als ein späteres Werk des bekannten Bruders Pius' I. betrachtet. Unabhängig davon ist Hilgenfeld[2] in seiner zweiten Ausgabe des Hirten gar zur Annahme eines dreifachen Hermas gelangt. Er unterscheidet einen Hermas apocalypticus (Vis. I—IV), einen Hermas pastoralis (Vis. V — Sim. VII) und einen Hermas secundarius (Sim. VIII—X). Als ältesten Bestandtheil des Hirten betrachtet Hilgenfeld den Hermas pastoralis, der vielleicht von einem Zeitgenossen des römischen Clemens, sicher nicht lange nachher, verfaßt sein soll. Der Hermas apo-

---

[1] Les Antonins, éd. III. 1875. tom. I. p. 144.
[2] Hermae Pastor. ed. altera. 1881. p. XXI sq.

calypticus soll nicht vor dem bekannten Rescripte Trajans an Plinius (im Jahre 112), wahrscheinlich erst unter Hadrian (117 bis 138) geschrieben sein. Den Hermas secundarius endlich schreibt Hilgenfeld dem Bruder oder doch einem Zeitgenossen Pius' I. als Verfasser zu.

Man kann nicht läugnen, daß diese Zweifel an der Einheit des Hirten des Hermas eine gewisse Berechtigung haben. Eher muß man sich bei der Beschaffenheit der Schrift darüber wundern, daß dergleichen Zweifel nicht schon früher laut geworden sind. Dennoch können wir denselben vorläufig noch in keiner Weise zustimmen, am wenigsten der Hypothese Hilgenfelds, vor welcher die v. Champagny's uns relativ noch immer Manches voraus zu haben scheint. Das Einzige, was uns an der Hypothese Hilgenfelds gefällt, sind die im Allgemeinen treffenden Bezeichnungen, womit er die einzelnen Theile der Schrift benannt hat. Sonst aber leidet seine Ansicht von der Entstehung des Hirten an bedeutenden Schwierigkeiten. Zunächst sind jedenfalls die Visionen I—IV als der Grundstock des Hirten zu betrachten. Sie allein machen uns ausführlicher mit den persönlichen Verhältnissen des Hermas bekannt, auf welche die Mandata und Gleichnisse, namentlich Sim. VII., vielfach zurückgreifen. Die Visionen enthalten ferner das die ganze Schrift beherrschende Bild vom Thurmbau in der ersten und einfachsten Gestalt. Die den Mandata und Gleichnissen voraufgehende Einleitung Vis. V setzt, auch abgesehen von v. 5, die Visionen ausdrücklich voraus. Hier erscheint zwar der Hirt zuerst in Hirtengestalt, weßhalb er auch Anfangs dem Hermas unbekannt ist; aber sofort gibt er sich als Bekannten von den Visionen (vgl. Vis. II. 4, 1; III. 10, 7) her zu erkennen. Wir sehen hier davon ab, daß gerade die Mandata und die ersten Gleichnisse in pointirter Weise auf spätere geschichtliche Erscheinungen, namentlich auf den Montanismus, Rücksicht nehmen, und wollen nur noch daran erinnern, daß Hilgenfeld auch mit Unrecht Sim. VIII—X als Hermas secundarius und als eine besondere Schrift betrachtet. Als Hermas secundarius ist nach den deutlichsten Aussagen der Schrift selbst (Vis. V. 5, vgl. Sim. VIII. 11, 5 und Sim. IX. 1, 1) nur das neunte Gleichniß, die erweiterte Vision vom Thurmbau anzusehen. Das achte Gleichniß führt freilich in unmittelbarem Zusammenhang mit den vorhergehenden Gleichnissen zu dieser Vision schon zurück; aber gerade aus diesem Umstande glauben wir schließen zu dürfen, daß das neunte Gleichniß nicht einmal einen besonderen dritten Theil der Schrift, geschweige eine eigene dritte Schrift bilde.

Mehr Berechtigung kann schon die Hypothese v. Champagny's, welcher auch der gelehrte Abt Guéranger [1] beigetreten ist, beanspruchen. Sie hat erstens das für sich, daß der Hirt des Hermas offenbar in zwei, nach Form und Inhalt sehr ungleiche Theile zerfällt, wovon der zweite, die Mandata und Gleichnisse, sich deutlich als ziemlich weitläufige Erklärung und theilweise Wiederholung und Ergänzung des ersten, der Visionen, kundgibt. Auch konnte v. Champagny sich wenigstens mit einem gewissen Schein von Berechtigung auf die anfänglich zwiespaltige Tradition über den Hirten berufen. Hilgenfeld hat nur darin einen äußeren Anhaltspunkt für seine Hypothese gesucht, daß er nach den Aussagen des Athanasius bezw. das Pseudo-Athanasius es wahrscheinlich machen will, daß diese nur die Mandata und ersten Gleichnisse gekannt hätten. Allein dieser Beweisversuch reducirt sich auf die Thatsache, daß die Mandata und ersten Gleichnisse, wie sie für den Unterricht der Katechumenen besonders geeignet erscheinen, auch dazu besonders damals verwandt wurden. Vielleicht mag auch damals schon eine besondere Ausgabe derselben

---

[1] S. Cécile et la société Romaine. éd. II. p. 132 sq. 197 sq.

in Gebrauch gewesen sein[1]. Eher hätte sich Hilgenfeld noch darauf berufen können, daß Irenäus gerade Mand. I. 1 wie eine Stelle der heiligen Schrift citirt, wenn nicht auch dieses zeigte, daß die Mandata damals schon zu einer Schrift gehörten, welche mehr als diese inspirirten Charakter an sich trug. Doch kehren wir zur Hypothese v. Champagny's zurück, so können wir auch dieser trotz ihres relativen Werthes nicht beipflichten. Ist der zweite Theil des Hirten auch nur eine Erweiterung des ersten, so schließt er sich doch eng an denselben an, und wir zweifeln, ob ein Anderer, als der Verfasser der Visionen selbst, diese in der Weise hätte erläutern und ergänzen können, wie es in den Mandata und Gleichnissen geschehen ist. Was sodann die zwiespaltige Tradition über den Hirten betrifft, so kennt das Alterthum doch nur einen Hirten, und wenn auch zwei Hermas, so wird doch immer nur der eine oder der andere als Verfasser des Hirten genannt oder vorausgesetzt. Es wäre zudem etwas zu auffallend, daß bei den Verhandlungen, die schon zu Ende des zweiten Jahrhunderts über den Ursprung des Hirten und seinen Verfasser geführt wurden, nirgendwo die richtige Unterscheidung zwischen dem früheren und späteren Hermas hervortreten sollte. Nach der Hypothese v. Champagny's müßte man annehmen, daß der Verfasser des Muratori'schen Fragmentes sein Urtheil über den Verfasser der Mandata und Gleichnisse irrthümlich auch auf den Verfasser der Visionen ausgedehnt hätte. Ist diese Annahme schon bedenklich, so wäre es noch auffallender, daß der Fragmentist nicht bald wäre corrigirt worden.

Bei dem gänzlichen Mangel an äußeren Zeugnissen müssen wenigstens vorerst zwingende innere Gründe beigebracht werden, ehe man von der Einheit des Hirten abzugehen genöthigt ist.

---

[1] Vgl. Zahn, der Hirt des Hermas. S. 38, Anm. 2.

Es müssen, wenn nicht geradezu Widersprüche, doch wenigstens bedeutende Abweichungen zwischen den beiden Theilen der Schrift konstatirt werden. Was v. Champagny wie auch Hilgenfeld in dieser Hinsicht geltend gemacht, ist jedenfalls nicht genügend, um ihre Hypothesen zu rechtfertigen. So hat v. Champagny und mit ihm Hilgenfeld darauf hingewiesen, daß die die Kirche repräsentirende Matrone den Hermas in den Visionen (vgl. Vis. I. 2, 4) als einen tugendhaften Mann bezeichne, während er sich selbst in den Mandata (Mand. IV. 2, 3, vgl. III. 3) vieler Sünden, namentlich beständiger Lügen, anklage. Aber wenn darin überhaupt eine Differenz zu sehen ist, so wird dieselbe sicher durch die Erwägung gehoben, daß Hermas, als ihm die Matrone erschien, bereits den Weg der Buße betreten hatte, während er nach deutlichen Anzeichen in den Visionen früher ein weniger frommes Leben geführt hatte. Mehr Werth legt denn auch Hilgenfeld darauf, daß das Verhältniß, in welchem Hermas nach Vis. II. 2, 2; 3, 1 fürderhin zu seiner Frau stehen sollte, Mand. IV. 1. 1 ignorirt zu sein scheine. Allein es kann an der letzteren Stelle bloß an das unauflösliche, also immerhin fortbestehende vinculum matrimonii (vgl. Mand. IV. 1, 6) und an die daraus resultirende fortwährende Pflicht der Treue gedacht werden. Zudem ist nicht zu übersehen, daß die Mandata, wenn auch zunächst an den Büßer Hermas gerichtet, doch allen Christen, namentlich allen Büßern, gelten. Andere Differenzen, welche man zwischen dem ersten und zweiten Theile des Hirten gefunden zu haben glaubt, finden vielleicht durch unsere Schrift von selbst ihre Ausgleichung. Im Uebrigen wollen wir nicht unterlassen, zu bemerken, daß eine fingirte Schrift, wofür wir den Hirten des Hermas halten, immer an manchen Unebenheiten leiden wird.

Der Hirt des Hermas.

A. Der Ursprung des Hirten des Hermas.

I. Das Selbstzeugniß des Hirten.

Will man über den Ursprung einer Schrift, über ihre Aechtheit oder Unächtheit ein sicheres Urtheil fällen, so muß man sich vor Allem Klarheit darüber verschaffen, was die Schrift selbst sein will. Wir beginnen daher unsere Untersuchung über den Ursprung des Hirten billig mit dem Selbstzeugniß des Buches.

Der Hirt des Hermas, wie er uns gegenwärtig vorliegt, enthält in drei Abtheilungen — 5 Visionen, 12 Mandata und 10 Gleichnissen — angebliche Offenbarungen, die der Verfasser von der ihm in Frauengestalt erschienenen Kirche, sowie von einem Engel in Hirtengestalt, von dem eigentlichen Hirten, erhalten haben will. Es sind Ermahnungen zur Buße, Bußoffenbarungen, zunächst an den ersten Empfänger derselben und seine Familie, sodann an die Kirche von Rom und die ganze Kirche. Man könnte auf den Gedanken kommen, der Verfasser habe seinen Bußpredigten nur gleichnißweise eine visionäre und apokalyptische Form gegeben. Allein das Buch enthält nicht nur keine derartige Andeutung, sondern der Verfasser gibt auch ausdrücklich, namentlich Sim. IX. 1, seine Schrift als Offenbarung des Sohnes Gottes aus. Der Verfasser des Hirten nennt sich Hermas, ohne daß ersichtlich ist, ob er mit einem sonst bekannten Manne dieses Namens, etwa mit dem Röm. 16, 14 genannten Hermas, wie dieß schon Origenes vermuthet hat, identisch sein will. Sicher ist: 1) daß der Verfasser seine Schrift in Rom verfaßt hat; 2) daß er ein Zeitgenosse des berühmten römischen Clemens, des Verfassers des bekannten Briefes an die Korinther, sein will.

1. Daß der Hirt des Hermas in Rom entstanden sei, war bisher allgemeine Annahme. Nur Nirschl[1] hat dem neuestens widersprochen und den Hirt nach Kumä verlegen wollen, wo Hermas Bischof gewesen sein soll. Jedoch sind die für diese Ansicht vorgebrachten Gründe durchaus unzulänglich und lassen sich leicht widerlegen:

a. Hermas, der in seiner Jugend als Sklave nach Rom verkauft wurde, war freilich nach seiner Freilassung, wohl in Handelsgeschäften, längere Zeit von Rom abwesend; aber nach derselben Stelle Vis. I. 1 war er gerade zur Zeit, wo er seine Offenbarungen empfangen haben will, wieder in Rom und zwar anscheinend dauernd.

b. Wenn Hermas nach Vis. II. 4 beauftragt wird, dem Clemens von Rom seine Offenbarungen zu schicken, so beweist auch das nicht, daß Hermas nicht in Rom war. Das Schicken erklärt sich hinlänglich als schriftliche Mittheilung gegenüber der mündlichen Mittheilung an die Presbyter, wozu Hermas ebenfalls beauftragt wird. Wollte man aber hier nicht an die Presbyter von Rom, sondern mit Nirschl an die von Kumä denken, so würde sich daraus die merkwürdige Thatsache ergeben, daß von den für die ganze Kirche bestimmten Offenbarungen in der Hauptstadt Rom nur die Wittwen und Waisen durch ihre Vorsteherin Grapte, welcher auch eine Abschrift mitgetheilt wird, Kenntniß erhalten sollten.

---

[1] Der Hirt des Hermas (Passau 1879) S. 22; vgl. Lehrbuch der Patrologie I, 83 f.

c. Nirschl hat für seine Ansicht, daß der Hirt nicht in Rom, sondern in Kumä entstanden sei, besonderes Gewicht darauf gelegt, daß wir den Hermas nach dem ersten Theile seiner Schrift Vis. I. 1, 3 und Vis. II. 1, 1 wiederholt auf dem Wege nach Kumä finden. Allein daraus, daß Hermas sich zweimal auf dem Wege von Rom nach Kumä befindet, folgt doch nicht, daß er in Kumä und nicht in Rom wohnte, sondern eher das Gegentheil. Dazu kommt, daß Hermas nach den genannten Stellen keineswegs wirklich nach Kumä ging oder zu gehen beabsichtigte, sondern nur auf der öffentlichen Straße nach Kumä hin zu seinem Acker hinauszugehen pflegte. Das beweist besonders die zweite Stelle Vis. II. 1. Schon der Umstand, daß er zur selben Tages- oder vielmehr Jahreszeit, wie früher, hinausging, weist auf den Acker hin, wo er regelmäßig zu thun hatte. Auf der Straße nach Kumä umherwandelnd, wird er im Geiste an denselben Ort, wie vorhin nach Vis. I. 1, entrückt. In Wahrheit aber befindet er sich nach Vis. II. 1, 4 auf dem Acker, wo er die ihm zu Theil gewordene Offenbarung Silbe für Silbe niederschreibt. Die Variante εἰς κώμας an den beiden Stellen Vis. I. 1, 3 und Vis. II. 1, 1 trifft also sachlich das Richtige, wenn auch das schwierigere εἰς Κούμας vorzuziehen sein mag.

Der Acker des Hermas ist überhaupt der Ort seiner Visionen. Hierhin bestellt ihn die ihm erschienene Frau nach Vis. III. 1, 2 zu bestimmter Stunde und an eine bestimmte Stelle. Hermas ging gewöhnlich auf der Staatsstraße nach Kumä, auf der via Appia, zu seinem Acker. Er konnte denselben aber auch nach Vis. IV. 1, 2 auf einem einsamen Feldwege, der zehn Stadien von der öffentlichen Straße entfernt war, erreichen. Man braucht bei dem τῇ ὁδῷ τῇ καμπανῇ an dieser Stelle weder an eine via Campana, noch an einen officiell sogenannten Feldweg zu denken, sondern kann den Ausdruck von jedem beliebigen Feldwege verstehen, da der bestimmte Artikel durch den Gegensatz zur Staatsstraße (τῆς ὁδοῦ τῆς δημοσίας) hinlänglich motivirt erscheint. Auf keinen Fall kann man mit Nirschl die Stelle so verstehen, als ob Hermas auf der via campana, welche in Capua von der via Appia nach Kumä abzweigte, von Kumä aus seinen Acker erreicht hätte. Wir haben gesehen, daß Hermas seinen Acker in der Richtung von Rom nach Kumä hin hatte. Auch würde so der offenbare Gegensatz zwischen der via campana und der via publica verwischt, indem Nirschl beide identificiren muß. Eher könnte man noch Vis. IV. 1, 2 so verstehen, daß der Feldweg von der Staatsstraße abzweigte und daß der Acker zehn Stadien feldeinwärts gelegen habe. Allein richtiger scheint doch an einen besonderen Feldweg gedacht werden zu müssen, welcher zehn Stadien von der öffentlichen Straße entfernt war. Zwischen beiden Wegen lag dann der Acker des Hermas.

2. Nach dem Gesagten bleibt die bisherige Ansicht, daß der Hirt des Hermas in Rom verfaßt ist, im ungestörten Besitz. Ebenso gewiß, wie die Abfassung des Hirten in Rom, ist aber das Andere, daß der Verfasser des Hirten noch ein Zeitgenosse des berühmten römischen Clemens, des Verfassers des Briefes an die Korinther, sein will, daß er also noch dem Ende des ersten christlichen Jahrhunderts angehören will. Dieß beweist unzweifelhaft die Stelle Vis. II. 4, 3. Der hier genannte Clemens ist so genau gezeichnet, daß es geradezu unmöglich erscheint, an einen anderen Clemens zu denken, als an den bekannten Verfasser des Briefes an die Korinther. Clemens steht nach der genannten Stelle an der Spitze der römischen Kirche. Ihm steht es, wie ausdrücklich hervorgehoben wird, zu, den Verkehr mit den auswärtigen Kirchen zu vermitteln. Ja, so nachdrücklich wird dieß hervorgehoben, daß man sich des Eindruckes nicht erwehren kann, der Verfasser habe den im Alterthum so gefeierten Brief an die Korinther, den Clemens

seinen Namen verdankt, speciell im Auge. Es ist denn auch fast ganz allgemeine Annahme, daß Hermas sich Vis. II. 4, 3 als Zeitgenosse des berühmten Clemens von Rom bezeichnen wolle. In neuerer Zeit hat jedoch namentlich Heyne[1] den Sinn der in Rede stehenden Stelle zu verwischen gesucht und den dort genannten Clemens für einen beliebigen Laien dieses Namens halten wollen. Allein seine ganze Argumentation beruht auf der, wenn auch vielfach getheilten, so doch durchaus unrichtigen Voraussetzung, daß Hermas in grundsätzlicher Opposition gegen den Klerus stehe. Wenn auch der Verfasser des Hirten hier und da ehrgeizige Bestrebungen beim Klerus tadelt, so ist er doch sonst den kirchlichen Amtsträgern freundlich gesinnt, und namentlich will er eben durch sie seine Offenbarungen verkündigt und verbreitet wissen. Zwar hat Heyne auch dieses in Abrede gestellt; aber es ist das klar im Hirten ausgesprochen. Schon die Frage der Matrone an Hermas Vis. II. 4, 2, ob er die ihm mitgetheilte Schrift bereits den Presbytern übergeben habe, deutet auf die ausgesprochene Absicht hin, daß die Offenbarungen des Hermas durch die kirchlichen Amtsträger verbreitet werden sollen. Die Sache erleidet noch einen Aufschub dadurch, daß die Offenbarungen noch vervollständigt werden sollen. Sobald dieß aber geschehen, soll Hermas sie dem Clemens und den Presbytern zur Verbreitung und Verkündigung mittheilen.

Zum Beweise dafür, daß Hermas noch ein Zeitgenosse des Clemens von Rom sein will, hat man bisher fast allgemein auch die Stelle Vis. III. 5, 1 angeführt, wo von den Aposteln, Bischöfen, Lehrern und Diakonen gesprochen und gesagt wird, daß die einen schon entschlafen, andere noch am Leben seien. Man hat daraus den Schluß gezogen,

---

[1] In der Dissertation: Quo tempore Hermae Pastor scriptus sit? (Königsberg 1872) p. 15 sqq.

der Verfasser setze hier voraus, daß von den Aposteln vielleicht noch einer, von den unmittelbaren Schülern der Apostel sicher noch manche am Leben seien. So würde uns der Hirt ziemlich genau in die Zeit versetzen, in welche wir nach Kap. 44 des Clemensbriefes geführt werden. Allein gegen diese Auffassung der angeführten Stelle hat Behm[1], wie uns scheint, mit Recht, eingewandt, daß die Zusammengehörigkeit der Apostel mit den Bischöfen, Lehrern und Diakonen hier keine chronologische, sondern eine ethische ist. Hermas spricht hier von den Bischöfen, Lehrern und Diakonen, welche gleich den Aposteln ihr Amt heilig verwaltet haben oder noch verwalten, und deßhalb gleich diesen lebendige Steine am Baue der Kirche sind. Das gilt aber von den guten Hirten aller Zeiten. Es läßt sich deßhalb aus dieser Stelle allein wenigstens eine Zeitbestimmung nicht herleiten. In Verbindung mit Vis. II. 4, 3 mag ihr allenfalls auch eine chronologische Bedeutung beigelegt werden können. Auch der Umstand, daß die Episkopen, Lehrer und Diakonen mit den Aposteln zu den Grundsteinen des die Kirche darstellenden Thurmes gehören, beweist nicht, daß sie noch Zeitgenossen, sondern daß sie Nachfolger der Apostel sind, mit denen sie deßhalb auch in die innigste Verbindung gebracht werden. Anders würde es sich schon verhalten, wenn wir die hier zwischen den Episkopen und Diakonen genannten Lehrer für dieselben Lehrer halten müßten, welche sonst als die ersten Verkündiger des Evangeliums neben den Aposteln genannt werden (vgl. Sim. IX. c. 15, 16. 25). Allein dieß ist, wie wir später sehen werden, wenigstens zweifelhaft. Vis. III. 5, 1 beweist also mit voller Sicherheit nur, daß der Hirt das kirchliche Amt in allen seinen Abstufungen als Ausfluß und Fortsetzung des Apostolates betrachtet.

---

[1] Ueber den Verfasser der Schrift, welche den Titel „Hirt" führt. Rostock 1876, S. 33 f.

Was wir sonst noch aus dem Hirten über dessen Verfasser und seine persönlichen Verhältnisse erfahren, ist kurz Folgendes. Hermas wurde, wie schon erwähnt, in seiner Jugend an eine gewisse Rhode in Rom als Sklave verkauft. Nach seiner Freilassung betrieb er mit Erfolg auswärts Handelsgeschäfte. Er war verheirathet. Der angesammelte Reichthum aber übte einen nachtheiligen Einfluß auf ihn und seine Familie aus. Sein Weib war nicht ohne Tadel. Seine Söhne verläugneten sogar in der Verfolgung den Glauben und wurden die Ankläger ihrer eigenen Eltern. Dafür traf den Hermas und sein Haus die Strafe Gottes. Er scheint sein rasch erworbenes Vermögen größtentheils wieder verloren zu haben, und lebte später in stillen Verhältnissen zu Rom, wo er in der Nähe der Stadt einen Acker bebaute. Daß Hermas Presbyter oder gar Bischof gewesen, wird durch nichts direct angedeutet; auch nicht dadurch, daß er nach Vis. II. 2, 3 fortan mit seiner Frau als Schwester leben soll. Dieses eheliche Verhältniß fand sich damals vielfach auch bei Laien, und ist es besonders bei der ascetischen Richtung des Hermas leicht erklärlich. Eine andere Frage ist es freilich, ob Hermas in Wirklichkeit nicht doch ein Presbyter gewesen ist?

II. Die Tradition über den Hirten.

Nachdem wir festgestellt, was der Hirt des Hermas selbst sein will, ist es weiter unsere Aufgabe, zu untersuchen, ob das Selbstzeugniß des Buches auch auf Wahrheit beruht. Wir wollen darüber zunächst das Urtheil der alten Kirche vernehmen, und zwar zuerst das der abendländischen Kirche, welcher der Hirt selbst angehört.

1. Halten wir vor Augen, was der Hirt des Hermas zu sein beansprucht, nämlich eine prophetische Schrift, deren Verfasser ein Zeitgenosse des römischen Clemens war, also

noch dem unmittelbar nachapostolischen Zeitalter angehörte, so können wir uns kaum darüber wundern, wenn dieser Schrift im christlichen Alterthum hier und da fast canonisches Ansehen zugeschrieben wurde. So wenn Irenäus adv. haer. IV. 20 eine bekannte Stelle des Hirten, nämlich den Anfang von Mand. I. 1, ähnlich wie eine Schriftstelle citirt. Ein gleiches Ansehen des Hirten scheint Tertullian de orat. c. 16 bei Manchen vorauszusetzen, ohne daß ersichtlich ist, ob Tertullian selbst jemals diese Ansicht getheilt habe. Dieses fast canonische Ansehen des Hirten fand jedoch namentlich in der abendländischen Kirche von Anfang an entschiedenen Widerspruch. Zunächst bei dem Verfasser des bekannten Muratori'schen Fragmentes, welcher sich noch als Zeitgenossen des wahren Autors des Hirten bezeichnet. Er schreibt über denselben: Pastorem vero nuperrime temporibus nostris in Urbe Roma Herma conscripsit, sedente cathedra Urbis Romae ecclesiae Pio episcopo fratre ejus. Et ideo legi eum quidem oportet, se publicare vero in ecclesia populo neque inter Prophetas completum numero, neque inter Apostolos in finem temporum potest. Der Fragmentist kennt das hohe Ansehen, in welchem der Hirt bei Manchen stand, welche ihn fast wie eine canonische Schrift betrachteten. Er tritt dem entgegen, indem er den Hirten für immer vom Canon ausgeschlossen wissen will, wenn er auch gegen seine Lesung nichts zu erinnern hat. Aber die Tragweite des Zeugnisses des Fragmentisten geht noch weiter. Er kennt auch die Ansprüche des Verfassers des Hirten selbst und tritt ihnen entgegen, wie der Ausdruck neque inter Prophetas numero completum neque inter Apostolos zeigt. Man hat dieß so verstehen wollen, als ob damit der Hirt vom Alten wie vom Neuen Testamente ausgeschlossen werden soll. Jedoch kann hier vom Alten Testamente gar nicht die Rede sein. Der Fragmentist recensirt ja nur die neu=testamentlichen Schriften. Der Zusammenhang gibt dem

Ausdruck neque inter Prophetas neque inter Apostolos einen andern Sinn. Der Fragmentist hat unmittelbar vorher von den prophetischen Schriften des Neuen Testamentes gesprochen. Er rechnet dazu nur die Apokalypse des Johannes und allenfalls noch die des Petrus. Diese sind damit abgeschlossen — completum numero. Der Hirt dagegen ist weder eine ächte prophetische Schrift noch überhaupt die Schrift eines apostolischen Mannes. Er ist nicht nur eine apokryphe, sondern auch eine falsche Schrift, eine fingirte Offenbarung aus späterer Zeit. Das ist das Urtheil des Fragmentisten über den Hirten und seinen Verfasser, und er stand mit diesem Urtheil nicht vereinzelt da. Vielmehr wurde der Hirt des Hermas schon um die Wende des zweiten Jahrhunderts im Abendlande fast allgemein als eine unächte und falsche Schrift betrachtet. Zeuge dafür ist Tertullian, welcher in den montanistischen Streitigkeiten an den römischen Bischof Zephyrin schreibt: Sed cederem tibi, si scriptura Pastoris, quae sola moechos amat, divino instrumento meruisset incidi, si non ab omni concilio ecclesiarum etiam vestrarum inter apocrypha et falsa judicaretur, adultera et ipsa et inde patrona sociorum (de pud. c. 10). Man hat dieses Urtheil Tertullians über den Hirten des Hermas damit zu entkräften gesucht, daß man es als von Parteileidenschaft dictirt hinstellt. Allein man übersieht dabei, daß es sich hier keineswegs bloß um ein persönliches Urtheil Tertullians handelt. Er beruft sich vielmehr auf das allgemeine und officielle Urtheil der abendländischen Kirchen, speciell auch der von Rom und Italien, und dieß in einer offenen Streitschrift gegen den römischen Bischof. Mag daher Tertullian persönlich noch so sehr gegen den Hirten eingenommen sein, und mag er auch übertrieben haben, so wird man doch die Thatsache nicht in Abrede stellen können, daß damals, um b. J. 200 n. Chr., in Rom wie anderwärts aus Anlaß der montanistischen Wirren conciliarische Verhandlungen stattfanden, bei welchen auch das Ansehen des Hirten des Hermas zur Sprache kam und zu Ungunsten desselben wenigstens ziemlich allgemein entschieden wurde. Die weitere Verfolgung der abendländischen Tradition über den Hirten bietet weniger Interesse. Das Urtheil des Fragmentisten wurde im Abendlande allgemein, indem fortan, wo der Hirt des Hermas noch erwähnt wird, stets der Bruder des Pius, wie in dem falschen Briefe des Letzteren, als Verfasser desselben genannt wird.

Nur eine Schwierigkeit wollen wir hier noch berühren. Man hat es auffallend gefunden, daß eine Schrift, welche man als entschieden unächt betrachtete, dennoch auch im Abendlande im Gebrauch blieb. So hat ja der Fragmentist gegen die Lesung des Hirten nichts einzuwenden, und höchst wahrscheinlich hat sich Papst Zephyrinus, nach Tertullians Aeußerung zu schließen, in den montanistischen Streitigkeiten auf den Hirten berufen. Man weist demnach immer darauf hin, daß nach den Grundsätzen der alten Kirche eine apokryphe Schrift überhaupt keine Verwendung mehr gefunden. Das ist im Allgemeinen richtig, weil eben apokryphe Schriften in der Regel auch häretische Tendenzen verfolgen. Dieß war aber beim Hirten nach dem Urtheil der alten Kirche nicht der Fall. Der Fragmentist findet gegen die Lesung des Hirten, wenn man ihm nur kein falsches Ansehen beilegt, nichts zu erinnern, weil er den Inhalt desselben für wenigstens unverfänglich hielt. Und namentlich konnte Papst Zephyrin sich den Montanisten gegenüber auf den Hirten berufen, weil er eben alle Sünder, auch die Ehebrecher, zur Buße zuläßt, und damit die frühere Praxis der römischen Kirche bezeugt. Im Uebrigen ist das bestimmte Urtheil des Fragmentisten und die klare Sprache Tertullians auch nicht ohne Einfluß auf den Gebrauch des Hirten im Abendlande geblieben. Mit der Aufdeckung seines apokryphen Ursprunges verlor der Hirt so sehr an Interesse, daß Hieronymus de vir. ill. c. 10 von demselben sagen konnte, er sei bei den Lateinern fast unbekannt.

2. Etwas günstiger, als im Abendlande, verläuft die Tradition über den Hirten des Hermas in der morgenländischen Kirche. Hier finden wir denselben namentlich von Clemens von Alexandrien wiederholt als eine göttliche Schrift citirt. Auch ist Origenes geneigt, den Hirten für inspirirt zu halten, und er möchte ihn speciell dem Röm. 16, 14 genannten Hermas vindiciren. Er schreibt zu der Stelle: Puto, quod Hermas iste sit scriptor libelli illius, qui Pastor dicitur, quae scriptura valde mihi utilis videtur et, ut puto, divinitus inspirata (Comment. in ep. ad Rom. X. 31). Origenes ist also geneigt, den Hirten für das zu halten, was er sein will, für eine ächte prophetische Schrift eines apostolischen Mannes, und er fügt dem noch die besondere Vermuthung bei, daß der Verfasser des Hirten der Röm. 16, 14 genannte Hermas sei. Er mußte folgerichtig der Schrift fast canonisches Ansehen zuschreiben, und er gebrauchte sie auch, gleich Clemens von Alexandrien, wie eine canonische Schrift. Dennoch muß man beachten, daß nicht nur das specielle Urtheil des Origenes über die Person des Verfassers, sondern auch sein Urtheil über den inspirirten oder prophetischen Charakter des Hirten eine bloße Vermuthung ist, welche er daher auch, wie er wiederholt bemerkt, Niemanden aufdrängen will. Er sagt uns selbst, daß seine Ansicht über den inspirirten Charakter des Hirten nicht allgemein getheilt werde (Comment. in Matth. XIV. 21), daß der Hirt von Einigen gar verachtet werde (de princ. IV. 11). Wir begegnen also hier in der morgenländischen Kirche ganz denselben drei Ansichten über den Hirten, welche wir aus der abendländischen Tradition bereits kennen. Die Einen, wie Clemens von Alexandrien und Origenes, waren geneigt, den Hirten für inspirirt und kanonisch zu halten; die Anderen läugneten zwar mit dem Fragmentisten und den abend=

ländischen Concilien den übernatürlich prophetischen Charakter und den apostolischen Ursprung des Hirten, hielten ihn aber sonst für unverfänglich und für eine nützliche Schrift; die Dritten endlich perhorrescirten, mit Tertullian den Hirten auch seines Inhaltes, seiner Lehre wegen. Wir haben gesehen, welches die fast einstimmige Ansicht im Abendlande war; und wir glauben nicht fehlzugreifen, wenn wir die mittlere Ansicht auch als die allgemeinere im Morgenlande betrachten. Sicher hält ja auch Origenes, den Verächtern des Hirten gegenüber, denselben nur für eine sehr nützliche Schrift, indem er stets seine weiteren Vermuthungen über das Buch und seinen etwaigen Verfasser sorgfältig verklausulirt. Wenigstens wurde das mittlere Urtheil über den Hirten in der Folge auch in der morgenländischen Kirche das allgemeinere. Eusebius (h. e. III. 3) erwähnt die Ansicht Einiger, daß der Röm. 16, 14 genannte Hermas der Verfasser des Hirten sei, dem aber von Anderen widersprochen werde. Was die Canonicität der Schrift betrifft, so hat Eusebius gefunden, daß Einige der ältesten Kirchenschriftsteller, nämlich Jrenäus, Clemens von Alexandrien und Origenes, sich ihrer wie einer canonischen Schrift bedient haben. Dennoch zählt Eusebius selbst den Hirten zu den entschieden unächten Schriften (h. e. III. 25), was er sicher nicht gethan hätte, wenn jemals oder gar noch zu seiner Zeit die Ansicht von dem inspirirten Charakter oder der Canonicität des Hirten die allgemeinere gewesen wäre. Jedoch wurde der Hirt zur Zeit des Eusebius, wie er an der zuerst angeführten Stelle sagt, noch immer in der morgenländischen Kirche öffentlich gebraucht, weil die Schrift besonders für den Unterricht in den Anfangsgründen der Religion geeignet schien. Dasselbe bezeugt Athanasius. Er schließt den Hirten entschieden aus dem Canon aus (decret. Nic. c. 18). Das hält ihn aber nicht ab, denselben zu benützen und wiederholt als eine nützliche Schrift, namentlich für den Unterricht der Katechumenen, zu bezeichnen.

Speciell waren es die Mandata, wie wir aus den syrischen Briefen des hl. Athanasius erfahren, welche für den Unterricht der Katechumenen gebraucht wurden. So war auch in der morgenländischen Kirche das allgemeinere und endgiltige Urtheil über den Hirten des Hermas das, daß er eine nützliche Schrift sei. Und dieß ist das allgemeinere Urtheil über die Schrift bis heute geblieben. Man weiß aber, was es zu bedeuten hat, wenn einer Schrift von den Ansprüchen des Hirten das Prädicat **nützlich** nicht versagt wird. Es bedeutet nicht nur, daß er keine canonische Schrift sei, was er auch nicht sein will, sondern überhaupt, daß er keine ächte prophetische Schrift eines apostolischen Mannes sei, daß er weder unter die Propheten noch unter die Apostel gezählt werden kann, wie der Fragmentist sich ausdrückt.

III. Die inneren Merkmale der Unächtheit des Hirten.

Wären wir bei dem Urtheil über die Aechtheit des Hirten allein auf die Zeugnisse des Alterthums über denselben angewiesen, so könnte dasselbe nur zu Ungunsten der Schrift ausfallen. Zwar hat die Schrift hier und da in hohem Ansehen gestanden; aber die kritischen Urtheile über dieselbe lauten von Anfang an entschieden negativ. Noch entschiedener aber erweist sich der Hirt durch innere Merkmale als eine unächte Schrift. Schon der ganze Zustand der damaligen Kirche, wie ihn die Schrift voraussetzt, führt uns in das zweite christliche Jahrhundert hinab. Die Kirche ist bereits gealtert, Verweltlichung und Lauheit sind eingerissen, Viele haben den Glauben verläugnet, und bei einer erneuten Verfolgung steht größeres Unheil zu befürchten. Eine Verschärfung der Kirchenzucht, namentlich bezüglich der Wiederaufnahme der Gefallenen, erscheint dringend geboten. Mag auch Hermas als Bußprediger zu schwarz gemalt haben, so ist es doch nicht mehr die Kirche des ersten christlichen Jahrhunderts, welche als Hintergrund seiner Schrift sich abhebt. Doch wir wollen nicht bei dem allgemeinen Zustand der damaligen Kirche stehen bleiben, sondern im Einzelnen nachzuweisen suchen, daß der Hirt des Hermas nothwendig einer späteren Zeit zugeschrieben werden muß, als derjenigen, der er selbst angehören will.

1. Da ist es nun die entschiedene Rücksichtnahme des Hirten auf den Montanismus, welche an erster Stelle seinen späteren Ursprung beweist. Der Hirt des Hermas ist vielfach mit dem Montanismus in Verbindung gebracht worden. Dem gegenüber werden jedoch noch immer Stimmen laut, welche jede Beziehung des Hirten zum Montanismus in Abrede stellen wollen. So hat noch jüngst Bonwetsch[1] in einer eigenen Beilage seiner Schrift über den Montanismus jede Beziehung des Hirten zum geschichtlichen Montanismus bestritten. In Wahrheit aber können die deutlichen Beziehungen des Hirten des Hermas wenigstens zu den ersten Anfängen der montanistischen Bewegung kaum übersehen werden. Die Hauptfrage bei den montanistischen Streitigkeiten, die Frage nach der Vergebung der schweren Sünden, namentlich des Ehebruchs und des Abfalls vom Glauben, ist auch die Hauptfrage, welche den Verfasser des Hirten beschäftigt. Dieselbe wird nicht nur **Mand. IV.** 3 mit Bezug auf eine auftauchende gegentheilige Meinung erörtert, sondern zieht sich auch wie ein rother Faden durch die ganze Schrift hindurch. Die Haupttheile derselben, die großen Gleichnisse vom Thurmbau Vis. III. und Sim. IX., sowie vom Weidenbaum Sim. VIII., sind der Erörterung dieser Frage gewidmet. Dazu kommt, daß fast alle andern Fragen, welche aus Anlaß des Montanismus aufgeworfen wurden, im Hirten schon berührt sind. So wird **Mand. IV.** 4

---

[1] Geschichte des Montanismus (Erlangen 1881). II. Beilage. S. 200 ff.

einem aufgeworfenen Zweifel gegenüber die Erlaubtheit der zweiten Ehe ausdrücklich constatirt. Sim. V. handelt ausführlich vom Fasten, speciell von der Pflichtmäßigkeit und Strenge der Stationsfasten. Und man sieht es dem Anfange dieses Gleichnisses nur zu deutlich an, daß der Verfasser die Gelegenheit vom Zaune bricht, um sich über diese Frage bezüglich gewisser Neuerungen zu äußern. Ja, selbst die montanistische Ueberschätzung des Martyriums scheint, genauer zugesehen, im Hirten schon berücksichtigt zu sein, da es nach Vis. III. 2, 1 wahrscheinlich erscheint, daß die vom Hirten wiederholt, namentlich beim Klerus, gerügten ehrgeizigen Bestrebungen sich auch auf Ansprüche als Bekenner in der Verfolgung gegründet haben mögen. Jedoch wollen wir auf diesen Punkt weiter kein Gewicht legen. Desto mehr aber verdient es Beachtung, daß der Hirt sich Mand. XI. so weitläufig über die Kennzeichen des wahren und des falschen Propheten verbreitet. Zwar kann die hier gegebene Schilderung des falschen Propheten in seinen individuellen Zügen nicht wohl auf Montanus oder einen montanistischen Propheten bezogen werden. Sie paßt vielmehr besser auf einen der Gnostiker, welche unter Hyginus und Pius nach Rom kamen, und deren Treiben der Verfasser des Hirten aus eigener Anschauung kannte. Dennoch glauben wir bei den sonst unverkennbaren Beziehungen des Hirten zum Montanismus auch Mand. XI. eine, wenn auch entferntere, Rücksichtnahme auf die neue Prophetie annehmen zu dürfen. Es mag in dieser Hinsicht auch beachtet werden, daß unter den Kennzeichen des falschen Propheten vom Hirten speciell das angeführt wird, daß derselbe Geld für seine Offenbarungen annimmt, wie auch sonst den Montanisten gerade Habsucht vorgeworfen wurde. Nach dem Gesagten scheinen uns die Beziehungen des Hirten des Hermas zum Montanismus unzweifelhaft; und es mögen wohl diejenigen kaum weit fehlgegriffen haben, welche den Hirten geradezu für eine antimontanistische Prophetie gehalten. Und wie im Montanismus die weibliche Prophetie eine Hauptrolle spielte, so erscheint auch dem Hermas die Kirche zuerst in den Visionen in Frauengestalt. Es wird aber nachher Sim. IX. 1 diese Form der Offenbarung als eine unvollkommenere bezeichnet und besonderer Nachdruck darauf gelegt, daß alle Offenbarungen des Geistes vom Sohne Gottes ausgehen.

2. Eine andere häretische Erscheinung, welche der Hirt des Hermas berücksichtigt, ist der Gnosticismus, welcher daher zur Zeit der Abfassung des Hirten in Rom keine unbekannte Erscheinung mehr war. Man hat es zwar in Abrede stellen wollen, daß der Hirt den Gnosticismus bekämpfe; allein es ist dieß nach manchen Stellen desselben unzweifelhaft. So wird Vis. III. 7, 1 von Leuten gesprochen, welche zwar gläubig geworden, aber in Zweifelsucht den rechten Weg verlassen haben, weil sie glauben, einen besseren finden zu können. Bis auf den Namen bezeichnet der Hirt die Gnostiker, wenn er Sim. IX. 22, 1 von diesen Leuten sagt, daß sie Alles erkennen wollen (θέλοντες πάντα γινώσκειν) und doch nichts wissen. Mit Unrecht hat man hier einfach an aufgeblasene Gläubige denken wollen. Freilich spricht der Hirt den Gnostikern den Glauben überhaupt nicht ab, aber desto entschiedener den wahren Glauben. Er betrachtet sie nicht als Apostaten, aber durchaus als Häretiker, welche den rechten Weg verlassen haben und nur durch Buße wieder zurückkehren können, wie denn auch Einige nach Sim. VIII. 6, 5 schon zurückgekehrt sind. Auch ist es, wie wir bereits gesehen, nicht unwahrscheinlich, daß der Hirt Mand. XI. unter dem falschen Propheten in seinen individuellen Zügen eines von den Häuptern des Gnosticismus, welche um die Mitte des zweiten Jahrhunderts nach Rom kamen, bekämpft. Wer dieß gewesen, läßt sich freilich nicht entscheiden, ob Cerdo oder der Valentinianer Marcus oder gar schon Marcion? Auch das Letztere ist nicht ganz ausgeschlossen, da

eben der Hirt kein einzelnes gnostisches System bekämpft. Er betrachtet vielmehr den Gnosticismus mit seiner laxen Moral durchweg nur als Gegenpart des aufkeimenden Montanismus, dem er seine Hauptaufmerksamkeit widmet. Der Gnosticismus ist nach dem Hirten schon als entschiedene Irrlehre gerichtet, seine Propheten sind entlarvt; auch scheint die Gefahr, welche der römischen Kirche von dieser Seite drohte, in der Hauptsache schon überwunden. Dagegen birgt die neu aufkeimende montanistische Bewegung, welche sich auch in Rom schon bemerkbar machte, neue größere Gefahren in sich, wenn sich die Bewegung nicht zeitig noch in kirchliche Bahnen lenken läßt.

3. Der Hirt des Hermas ist nach einer Christenverfolgung geschrieben, in welcher Viele den Glauben verläugnet haben. Schon diese Thatsache, welche im Hirten so oft beklagt wird, führt uns in eine spätere Zeit. Näheren Aufschluß gibt uns das, was der Verfasser des Hirten sonst noch hier und da über die vorausgegangene Christenverfolgung sagt. Der hervorstechendste Zug ist hier, daß die Christen in Folge von Anzeigen, welche nicht selten, wie bei Hermas selbst, von den eigenen Angehörigen ausgingen, vor Gericht gestellt und hier einfach zur Verläugnung des christlichen Namens aufgefordert wurden. Das führt uns zunächst wenigstens bis in die Zeit Trajans, dessen bekannte Praxis den Christen gegenüber sich im Hirten deutlich gezeichnet findet. Der Hirt führt uns jedoch noch weiter hinab. Ein anderer, ganz hervorstechender Zug ist der, daß eine neue, heftigere Verfolgung bevorsteht, wobei ein noch größerer Abfall zu befürchten ist, weil eine lange Zeit des Friedens mittlerweile viele Christen arg verweltlicht hat (vgl. besonders Vis. II. c. 2 und 3). Welche ist diese lange Zeit des Friedens? Es ist unserer Ansicht nach die lange und friedliche Regierungszeit des Antoninus Pius (138—161). Diese neigt sich schon zu Ende, und es ragt schon die Furcht vor

dem vom Kaiser adoptirten Mark Aurel hinein. Wie die Heiden auf diesen große Hoffnungen setzten, so mußten die Christen vor seiner Regierung bangen. Und so mag das Ende der Regierung des Antoninus Pius, wenn auch nicht gerade die allerletzten Jahre derselben, wohl am sichersten als die Abfassungszeit des Hirten des Hermas betrachtet werden. Für diese Zeit hat sich unter Andern auch Hagemann in einer Abhandlung über den Hirten des Hermas (Theol. Quartalschrift 1860) entschieden und dafür weitere triftige Gründe angeführt. Er zeigt a. a. O. S. 31 ff., wie sich im Hirten die Hungersnoth und andere Calamitäten, womit Rom und Reich unter Antoninus Pius heimgesucht wurden, deutlich widerspiegeln.

4. Neben den angeführten inneren Merkmalen der Unächtheit des Hirten des Hermas trägt die Schrift noch manche andere Zeichen an sich, welche sie als eine bloß fingirte Offenbarung erscheinen lassen. Dazu gehört zunächst der Umstand, daß das, was uns Hermas über seine persönlichen Verhältnisse mittheilt, gar nicht zu dem Bilde paßt, welches wir uns sonst nach dem Buche von dessen Verfasser entwerfen müssen. Wollen wir dem Hermas glauben, so war er ein schlichter Laie, wir möchten sagen ein Idiot. In Wahrheit aber erscheint uns der Verfasser des Hirten als ein hervorragender Presbyter der römischen Kirche, welcher in allen kirchlichen Fragen seiner Zeit wohlbewandert war. Freilich führt Hermas seine Schrift auf höhere Offenbarung zurück; aber wäre nur nicht der weitere fatale Umstand vorhanden, daß seine angeblichen Lebensschicksale ganz genau den Tendenzen seines Buches angepaßt sind. Wir wollen nur einige Punkte dieser Art anführen. Hermas beklagt es so sehr, daß die Christen sich in weltliche Geschäfte verwickeln und irdischem Reichthum nachgehen. Das hat er aber früher selbst gethan. Er ist empört darüber, daß die Christen von ihren eigenen Angehörigen angezeigt wurden. Das passirte

ihm selbst angeblich von seinen eigenen Söhnen. Das Verhältniß des Hermas zu seinem Weibe scheint nicht das beste gewesen zu sein. Dennoch soll er sie nicht verstoßen, sondern wieder aufnehmen und ferner als Schwester mit ihr leben. Das ist eine ziemlich genaue Illustration zu dem, was Mand. IV. 1 über das Verhalten des Mannes zum untreuen Weibe gelehrt wird, wenn auch ein geheimnißvolles Dunkel darüber liegt, wie weit das angebliche Weib des Hermas sich noch über die Zungensünden hinaus verfehlt hat. Auch die umständliche Erörterung des Verhältnisses des Hermas zu seiner früheren Herrin im Eingang der Schrift Vis. I. 1 rechnen wir hierhin. Sie scheint uns nur den Zweck zu haben, den Verfasser, der auch die Ehebrecher zur Buße zuläßt, vor dem Verdacht des Laxismus zu schützen. Kurz, Hermas und sein Haus sind der Typus der Schäden der damaligen Kirche, wie denn auch die Bußoffenbarung von ihm anhebt. Das ist nun an sich nicht gerade unerklärlich. Unter Umständen ließe sich dem vielleicht noch eine tiefe Bedeutung abgewinnen. Allein bei einer sonst verdächtigen Schrift kann so etwas nur dazu dienen, sie noch verdächtiger zu machen.

Dieselbe Freiheit oder vielmehr Willkür, wie bezüglich der persönlichen Verhältnisse des Hermas überhaupt, gibt sich noch besonders in den lokalen Situationen kund, in welche sich der Verfasser des Hirten versetzt. Wir treffen ihn zweimal auf dem Wege nach Kumä, wo er in Wirklichkeit, wie wir früher gesehen haben, nur zu seinem Acker hinausgeht. Warum, so müssen wir fragen, wird hier gerade das entfernte Kumä und nicht vielmehr ein näher gelegener Ort oder einfach die via Appia genannt? Die Antwort auf diese Frage können wir an den beiden Stellen Vis. I. 1, 3 und Vis. II. 1, 1 finden. Hermas sah sich im Geiste an einen klippen- und wasserreichen Ort, d. h. an die Grotte der kumäischen Sibylle versetzt, wie er denn auch die ihm erschienene Matrone nach Vis. II. 4, 1 für die Sibylle hielt. Daher der scheinbare Gang nach Kumä. Gewöhnlich ging Hermas auf der Staatsstraße nach Kumä zu seinem Acker hinaus. Einmal jedoch wählt er nach Vis. IV. 1, 2 einen Feldweg, wo ihm etwa Heerden begegnen konnten. Und warum dieses? Weil es so zu der vierten Vision paßt, wo das ihm erscheinende Ungeheuer Staub aufwirbelt, gleich einer heranziehenden Viehheerde. So wenig ist Hermas um passende Situationen verlegen, daß er sich nach Sim. IX. 1, 4 auf einmal im Geiste nach dem gebirgigen Arkadien versetzt sieht, damit dieses die passende Grundlage für sein Gleichniß bilde.

So werden wir auch aus inneren Gründen zu dem Resultate geführt, daß der Hirt nicht nur eine unächte, sondern auch eine falsche und fingirte Schrift ist.

IV. Der wahre Ursprung des Hirten.

Das älteste und bestimmteste Zeugniß über den Hirten des Hermas ist das des Verfassers des Muratori'schen Fragmentes, welcher uns sagt, daß der Hirt erst zur Zeit des römischen Bischofs Pius (142—157) von einem Bruder desselben verfaßt ist. Der Fragmentist gibt dieses Urtheil offenbar über den Hirten und seinen Verfasser selbst ab, nicht etwa, wie neuestens Nirschl[1] gemeint hat, über eine alte lateinische Uebersetzung des Hirten. Wenn auch damals schon eine lateinische Uebersetzung des Hirten existirt hätte, und wenn selbst der Fragmentist dieselbe irrthümlich für das Original gehalten hätte, so steht doch das außer allem Zweifel, daß er den Bruder des Pius für den Verfasser und nicht bloß für den Uebersetzer der Schrift hält. Der Fragmentist nennt den Verfasser des Hirten mit dem Namen, welchen

---

[1] Der Hirt des Hermas S. 12 f.; vgl. Patrologie I, 86 ff.

dieser sich selbst in seiner Schrift gibt. Dennoch läßt seine Aussage es unbestimmt, ob der Bruder des Pius wirklich Hermas geheißen habe. Wir halten das aus andern Gründen für durchaus unwahrscheinlich. Wie der Verfasser des Hirten aus guten Gründen sonst Verstecken spielt, so wird er auch gewiß einen falschen und möglichst unbekannten Namen angenommen haben. Es erscheint daher auch die Vermuthung, daß der Verfasser sich mit dem Röm. 16, 14 genannten Hermas identificiren wolle, nicht wahrscheinlich.

Nach diesen Vorbemerkungen wollen wir zur näheren Prüfung des Zeugnisses des Fragmentisten über den Hirten des Hermas übergehen. Wir schließen uns diesem Urtheile ganz und gar an; denn es trägt in sich selbst eine hohe Gewähr, entspricht genau den Zeitverhältnissen, unter denen nach innern Gründen der Hirt entstanden sein muß, und erweist sich auch sonst noch als ein höchst glaubwürdiges.

1. Der hohe Werth des Zeugnisses des Fragmentisten über den Hirten liegt vor Allem darin, daß er dem Ursprung des Hirten auf alle Fälle zeitlich und örtlich nahestand. Er kann daher auch nicht wohl eine lateinische Uebersetzung des Hirten für das Original gehalten haben. Der Fragmentist bezeichnet sich noch als Zeitgenossen des Pius, dessen Bruder nach ihm den Hirten verfaßt hat, und wir haben keinen Grund, an dieser Angabe zu zweifeln. Er gehört also sicher noch dem Ende des zweiten Jahrhunderts an. Er hat ferner wahrscheinlich in Rom selbst oder doch in der Nähe von Rom gelebt, wie allgemein angenommen wird. Sodann ist er in keiner Weise gegen den Hirten an sich eingenommen. Er kann die Schrift nicht für eine ächte prophetische Schrift eines apostolischen Mannes halten, will sie daher durchaus nicht als eine canonische Schrift angesehen wissen; aber gegen den Inhalt derselben hat er nichts einzuwenden, und er empfiehlt sie sogar der Lesung und dem kirchlichen Gebrauch, wenn man ihr nur keine höhere Autorität

zuschreibt. Dazu kommt, daß das Urtheil des Fragmentisten, so viel wir wissen, gar keinen Widerspruch fand. Vielmehr wurde es fortan im Abendlande das allgemeine Urtheil über den Hirten. Daß aber auch der kirchliche Gebrauch des Hirten im Abendlande darunter litt, war eine, wenn auch nicht beabsichtigte, so doch selbstverständliche Folge des Urtheils des Fragmentisten.

2. Die Angabe des Muratori'schen Fragmentes über den Ursprung des Hirten entspricht genau den Zeitverhältnissen, unter welchen die Schrift geschrieben ist, besonders wenn wir bis an das Ende der Regierung des Pius I. hinabgehen, wozu der Fragmentist uns Raum läßt. Wir haben gesehen, daß der Hirt des Hermas in unverkennbarer Beziehung zur montanistischen Bewegung steht, und zwar führt er uns deutlich in den Anfang dieser Bewegung zurück. Erst einige Lehrer vertreten in Rom die neue Lehre (vgl. Mand. IV. 3, 1). Es sind die ersten Wellenschläge des Montanismus, welche sich in Rom bemerkbar machen. Freilich ist es unbestimmt, wann der Montanismus entstanden ist, und kann erst der Hirt des Hermas uns genauer über den Ursprung desselben unterrichten; aber dennoch wird auch aus anderen Gründen fast allgemein die Mitte des zweiten Jahrhunderts als die ungefähre Zeit des Ursprungs des Montanismus betrachtet. Hermas sieht den Montanismus noch nicht als eine eigentlich häretische Erscheinung an, sondern nur als eine gefährliche Neuerung, welche sich aber vielleicht noch in kirchliche Bahnen lenken läßt. Dagegen betrachtet er den Gnosticismus durchaus als eine falsche Lehre, deren Vertreter bereits gerichtet sind. Führt uns dieß schon dem Ende der Regierung des Bischofs Pius zu, so noch mehr die Furcht vor der drohenden Verfolgung des Mark Aurel, wie wir früher erwähnt haben.

3. Auch noch aus anderen Gründen verdient das Zeugniß des Fragmentisten über den Hirten Glauben. Der

Fragmentist sagt, daß Hermas der Bruder des römischen Bischofs Pius gewesen, bringt ihn also in nahe verwandtschaftliche Beziehung zum damaligen Inhaber des römischen Stuhles. Das stimmt zu der Thatsache, daß wir nach dem Inhalt des Hirten dessen Verfasser für einen hervorragenden Presbyter halten müssen. Vielleicht fällt auch von dieser Seite neues Licht auf den Umstand, daß Hermas wiederholt ehrgeizige Bestrebungen um den Vorrang beim römischen Clerus tadelt. Er mag unter seinem Bruder hohen Einfluß gehabt und dadurch leicht Neid erweckt haben; vielleicht hat er auch für sein Ansehen im Falle des Todes seines Bruders gefürchtet. Das klingt gewiß sehr menschlich, aber darum nicht weniger wahrscheinlich. Doch sei dem, wie ihm wolle; bestimmt zeigt der Verfasser des Hirten durch die Stellung, welche er nach Vis. II. 4, 3 dem Clemens anweist, daß er dem römischen Stuhle nahestand.

Wir schließen uns also dem Urtheil des Verfassers des Muratori'schen Fragmentes über den Ursprung des Hirten des Hermas und seinen Verfasser an; sind aber darum ebenso wenig, wie der Fragmentist selbst, Verächter des Hirten. Wir vertreten vielmehr jene mittlere und im Alterthum schon allgemeinere Ansicht, wonach der Hirt eine zwar unächte, aber dennoch nützliche Schrift ist. Allerdings ist er eine Fälschung, aber eine gutgemeinte und leicht entschuldbare Fälschung, wenn man die Zeitverhältnisse, unter welchen er entstanden ist, recht beachtet. Die Gefahr, welche der römischen Kirche von Seite der Gnostiker drohte, war noch nicht ganz überwunden, und schon hatte sich in Kleinasien eine andere Bewegung erhoben, welche ihren Einfluß bereits in Rom selbst fühlbar machte. Unter Trajan und Hadrian waren manche Christen vom Glauben abgefallen, ohne bisher sich wieder mit der Kirche versöhnt zu haben, und doch drohte schon von einer neuen heftigeren Verfolgung größeres Unheil. Wie damals gewiß die Kirche die Gefallenen mächtig zur

Buße gerufen, so mag Hermas durch seine fingirte Buß=
offenbarung aus alter Zeit diesen Ruf der Kirche haben
unterstützen wollen, um zugleich der neuen Prophetie eine
katholisch kirchliche Offenbarung gegenüberzustellen. Der
Bischof Pius aber braucht um die Fiction seines Bruders
gar nicht gewußt zu haben. Vielleicht wurde der Hirt, wenn
auch nach dem Fragmentisten noch zu Lebzeiten Pius' I.
geschrieben, doch erst nach seinem Tode verbreitet. Wie es
bei solchen Schriften zu geschehen pflegt, mag erst allmählich
die Kunde von der alten Offenbarung in die Oeffentlichkeit
gedrungen sein. Sobald sie aber weiter bekannt und ver=
breitet wurde, wurde sie auch sofort von dem Fragmentisten
auf ihren wahren Werth zurückgeführt.

Wir sind keine Verächter, sondern vielmehr in gewisser
Hinsicht Bewunderer des Hirten und bedauern, daß wir ihn
nicht als eine ächte prophetische Schrift eines apostolischen
Mannes ansehen können. Wir schätzen den Hirten schon aus
formellen Gründen wegen seiner großartigen Visionen, seinen
lehrreichen Geboten und lieblichen Gleichnissen. Noch mehr
schätzen wir denselben seiner Lehre wegen, wie wir im
Folgenden näher zeigen werden. Vorerst wollen wir uns
jedoch über den Plan des Hirten etwas näher orientiren.

B. Plan und Eintheilung des Hirten des Hermas.

Wenn man eine Schrift eingehender studiren, über ihre Lehre urtheilen will, so muß man sich besonders über den Plan und die Eintheilung derselben im Sinne ihres Urhebers Klarheit zu verschaffen suchen. Und vollends bei einer so verwickelten und geheimnißvollen Schrift, wie dieß der Hirt des Hermas ist, erscheint eine solche vorläufige Orientirung doppelt geboten. Zwar ist es ziemlich schwierig, dem Verfasser klar in die Karten zu schauen; aber es genügt uns schon, die Aufmerksamkeit auf diesen wichtigen Gegenstand hinzulenken.

Der Hirt des Hermas zerfällt nach der vorliegenden handschriftlichen Eintheilung in drei Theile: 5 Visionen, 12 Mandata und 10 Gleichnisse. Diese Eintheilung hat auch eine gewisse äußere und formelle Berechtigung; materiell jedoch entspricht sie dem Sinne des Verfassers nicht, und sie wird auch allgemein nicht mehr als die ursprüngliche und die eigentlich richtige Eintheilung des Hirten betrachtet, wenn auch die Ausgaben sie aus formellen Gründen beibehalten. Sehen wir uns daher nach der richtigen Eintheilung des Hirten im Sinne seines Verfassers näher um.

Der Verfasser des Hirten unterscheidet Vis. V. 5 deutlich die vorangehenden Visionen I—IV., welche ihm durch die Kirche in Gestalt einer Matrone gezeigt wurden, als besonderen Theil seiner Schrift von den nachfolgenden Geboten und Gleichnissen, welche ihm durch den Bußengel in Hirtengestalt vermittelt werden. Zugleich aber gibt der Hirt an derselben Stelle Vis. V. 5 seinem Vorhaben Ausdruck, den nun folgenden Geboten und Gleichnissen später noch ein Uebriges hinzufügen zu wollen. Dieses Uebrige folgt im neunten Gleichnisse, wie der Schluß des achten (Sim. VIII. 11, 5) ausdrücklich besagt. Man hat deßhalb das neunte Gleichniß als dritten Haupttheil oder als drittes Buch der ganzen Schrift betrachten wollen (vgl. Theol. Quartalschr. 1860, I. 39); jedoch wird es richtiger als besondere Abtheilung des zweiten Haupttheiles des Hirten angesehen, da nach Vis. V. 5 und Sim. IX. 1, 1—4 der entscheidende Grund für die Eintheilung der Schrift auf der verschiedenen Vermittlung der Offenbarungen durch die Matrone und durch den Hirten, auf der niederen und höheren Form derselben beruht[1]. Auch sachlich gehört Sim. IX. zum zweiten Haupttheile des Hirten, da dieses Gleichniß demselben Zwecke dient, wie die Mandata und die übrigen Gleichnisse, nämlich die Visionen in ihren Hauptpunkten näher zu erklären (vgl. Vis. V. 5 und Sim. IX. 1). Das neunte Gleichniß greift aber gerade auf den Mittelpunkt der Visionen, auf das Gesicht vom Thurmbau (Vis. III.) zurück.

Der Hirt des Hermas zerfällt also in zwei Haupttheile. Der erste Theil umfaßt die vier ersten Visionen, der zweite Theil die Mandata und Gleichnisse, einschließlich Sim. IX., denen Vis. V. als Einleitung vorgesetzt ist, während Sim. X. den Schluß des ganzen Werkes bildet. Es gilt jetzt, das Verhältniß der beiden Haupttheile des Hirten zu einander sowie die einzelnen Abschnitte derselben näher in's Auge zu fassen. Auch hier läßt uns die Schrift selbst nicht ganz im Stich. Wir haben vorhin schon angedeutet, daß der Verfasser Vis. V. 5 und Sim. IX. 1 das Verhältniß des zweiten Theiles seiner Schrift zum ersten dahin bestimmt, daß jener die Hauptpunkte dieses erläutern

---

[1] Vgl. Zahn, Der Hirt des Hermas S. 274 f.

soll. Demnach enthalten die Visionen I—IV. den Grund- und Aufriß des ganzen Werkes, die Mandata und Gleichnisse die Ausführung und Erklärung. Die Visionen, speciell Vis. III und IV., bilden gleichsam den Text der Bußoffenbarung, die Gebote und Gleichnisse den Commentar dazu. Freilich ist auch hier der Commentar viel weitläufiger geworden, als der Text selbst.

Der erste Theil des Hirten enthält in vier Visionen je eine verschiedene Erscheinung der die Kirche repräsentirenden Matrone; jedoch ist die Verwirklichung der vierten Erscheinung erst für die Zukunft, am Ende der Welt, in Aussicht gestellt. In der ersten Vision erscheint die Frau dem Hermas ganz alt und schwach, auf einer Kathedra sitzend; das bedeutet die Kirche in der Sünde (vgl. Vis. III. 11). In der zweiten Vision erscheint sie ihm mit jugendlich heiterem Antlitze, aber mit welker Haut und grauen Haaren; das bedeutet die Kirche in der Buße mit der Hoffnung auf Vergebung der Sünden (Vis. III. 12). In der dritten Vision erscheint die Alte ganz verjüngt, nur noch mit grauem Haupthaar; das bedeutet die Kirche der Gerechtfertigten (vgl. Vis. III. 13). Von schweren Sünden gereinigt, kleben auch den Gerechtfertigten hier auf Erden noch immer Mängel und Fehler an. Davon reinigt erst das Endgericht die Kirche, welche dann ganz rein und schön als die verklärte Braut Christi erscheinen wird, wie dieß Vis. IV. 3 in Aussicht stellt. Das ist in Kürze der Gedankengang des ersten Theiles des Hirten. Will man denselben in Unterabtheilungen zerlegen, so kann man passend die beiden ersten Visionen von den beiden letzten scheiden. Die erste Abtheilung Vis. I und II. enthält dann die Vorbereitung der Bußoffenbarung, die zweite Abtheilung Vis. III und IV. die Bußoffenbarung selbst. Nach einer Einleitung über das Vorleben des Hermas wird er Vis. I. zunächst selbst zur Erkenntniß seiner Sünden gebracht und zur Buße ermahnt. In Vis. II. erweitert sich dann der an Hermas ergangene Bußruf zu einer Bußoffenbarung an die ganze Kirche. Hermas selbst soll zunächst die Mission für seine Familie, die Presbyter von Rom für die römische Mutterkirche, und der Vorsteher dieser Kirche, der römische Clemens, dieselbe für die ganze Kirche übernehmen (Vis. II. 4, 3). Nachdem so die Rollen für die Verkündigung der Bußoffenbarung vertheilt sind, folgt der eigentliche Inhalt der Offenbarung, die Vision vom Thurmbau und dessen endlicher Vollendung, welche die beiden folgenden Visionen, Vis. III und IV., freilich vorläufig gleichsam nur im Auszug, enthalten.

Der zweite Theil des Hirten, die Mandata und Gleichnisse enthaltend, zerfällt in drei Abtheilungen: die Mandata, die Gleichnisse I—VIII. und Sim. IX. In den Vorbemerkungen zu der neuen Ausgabe des Hirten von Gebhardt und Harnack wird Prolegg. p. LXXII auch der zweite Theil des Hirten in zwei Abtheilungen zerlegt, indem die Mandata mit Sim. I—VIII. zusammengefaßt werden. Allein die Mandata bilden immerhin eine besondere Abtheilung für sich, da sie sich nach Form und Inhalt wesentlich von den folgenden Gleichnissen unterscheiden. Auch hat der Verfasser selbst am Schluß der Mandata (Mand. XII. 3, 2—6, 5) einen vorläufigen Abschluß deutlich indicirt. Wir haben schon gesehen, welchen Zweck der zweite Theil des Hirten im Sinne des Verfassers hat. Derselbe soll den ersten Theil in seinen Hauptpunkten weiter ausführen und näher erklären. In dieser Hinsicht schließen sich die Mandata an die beiden ersten Visionen, speciell an Vis. I. an. Wurde hier zunächst Hermas zur Erkenntniß seiner Sünden gebracht und zur Buße ermahnt, so enthalten die Mandata eine Anleitung zur Buße und zu einem gottgefälligen Leben. Von den beiden Hauptgeboten der Liebe Gottes und des Nächsten (Mand. I und II.) beginnend, wird in den folgenden Mandaten (Mand. III—V.) über die vornehmsten Tugenden des Christen, die Wahrheitsliebe, die Keuschheit und Sanftmuth, sowie über die entgegengesetzten Laster gehandelt. Dadurch soll, wie besonders Mand. III. zeigt, das Gewissen geweckt werden, und Hermas, wie die Sünder überhaupt, angetrieben werden, den Sünden zu entsagen und die entsprechenden Tugenden zu üben. Mand. VI. greift auf Mand. I. zurück. Glaube, Gottesfurcht und Enthaltsamkeit werden Mand. VI—VIII. als die Grundtugenden hingestellt und empfohlen. Der Schluß der Mandata (Mand. IX—XII.) ermahnt zum Vertrauen auf Gott, der den reumüthigen Sündern gern verzeiht und Allen, die ihn darum bitten, die nothwendige Gnade zu einem tugendhaften Leben verleiht. So enthalten die Mandata einen kurzen Abriß der christlichen Sittenlehre und eine vortreffliche Anleitung zu einem christlichen Lebenswandel, wie sie denn auch in der morgenländischen Kirche noch lange für den Unterricht der Katechumenen verwandt wurden. Gelegentlich hat Hermas in die Mandata wichtige theoretische Erörterungen verflochten. So über Ehe und Ehescheidung (Mand. IV.), über die Kennzeichen des wahren und falschen Propheten (Mand. XI.). Die Gleichnisse I—VIII. nehmen eine mittlere Stellung ein. Sie setzen zwar noch die Ermahnungen der Mandata gleichnißweise fort, wie sie auch wiederholt auf dieselben Bezug nehmen. Jedoch ist von vornherein der Blick des Verfassers verallgemeinert und auf den Zustand der ganzen Kirche in ihrer irdischen Entwicklung und einstigen Vollendung hingerichtet (Sim. I und II.). Annoch sind in der Kirche Gute und Böse untermischt, die Scheidung folgt erst am Ende der Welt. Jetzt herrscht der Winter, wo man die lebenden Bäume von den dürren nicht unterscheiden kann; aber es kommt der Sommer, wo die Gerechten erkannt werden (Sim. III und IV.). Doch ist durch die stellvertretende Genugthuung und die überfließenden Verdienste des in Knechtsgestalt erschienenen Sohnes Gottes (Sim. V.) auch den Sündern noch Gelegenheit geboten, durch Buße wieder zum Leben erweckt zu werden (Sim. VI und VII.). So werden wir durch die Gleichnisse dem großen Bilde vom Thurmbau immer näher gebracht; und Sim. VIII., das Gleichniß vom Weidenbaum, spielt schon so vollständig in jenes Gesicht wieder hinein, daß es fast nur als eine andere Form desselben erscheint. Sim. IX. kommt dann ausführlich auf den Thurmbau und seine einstige Vollendung zurück, um das früher von Hermas in den Visionen Geschaute eingehend zu erklären.

Das Gleichniß vom Thurmbau bildet den Hauptgegenstand der Bußoffenbarung des Hermas. Wir finden dasselbe dreimal im Hirten: Vis. III., Sim. VIII und Sim. IX. Diese drei Stücke sind die eigentlichen Hauptstücke der Schrift, und ihr Verständniß hängt wesentlich von der richtigen Auffassung derselben ab. Wir wollen daher zum Schluß unserer Erörterungen über den Plan des Hirten das Verhältniß dieser drei Stücke zu einander noch mit einigen Strichen zeichnen. Unter dem Thurme ist, wie wiederholt bemerkt wird (vgl. Vis. III. 3, 3. Sim. IX. 13, 1), die Kirche versinnbildet. Man kann aber die Kirche unter einem doppelten Gesichtspunkte betrachten als ideale und als reale Kirche. Unter jenem Gesichtspunkte erscheint sie Vis. III., unter diesem Sim. IX. Den Uebergang aber von der einen Anschauungsweise zur anderen bildet Sim. VIII. Die dritte Vision zeigt uns unter dem Bilde des Thurmes, der über Wasser gebaut ist aus glänzenden Quadersteinen und wie aus einem Steine erscheint (vgl. Vis. III. 2, 4), die ideale Kirche, d. i. die geistige Gemeinschaft der Getauften und in der Taufgnade Verharrenden, sie mögen bereits abgeschieden sein oder noch leben (vgl. Vis. III. 5, 1). Diejenigen dagegen, welche durch schwere Sünden die Taufgnade verloren haben, gehören nicht mehr zum Thurme, sind eigentlich ausgeschieden aus der Kirche. Sie sind um den Thurm herum zerstreute Steine, welche erst durch Buße behauen werden müssen, um in den Thurm wieder eingefügt zu werden (vgl. Vis. III. 5, 5). Es erhebt sich nun die wichtige Frage, ob die durch schwere Sünden von der Kirche Getrennten oder Ausgeschlossenen wieder mit derselben vereinigt werden können; mit einem Worte, ob es nach der Taufe noch Buße und Vergebung für schwere Sünden gibt? Diese Frage, welche mittlerweile theoretisch erörtert wurde (vgl. Mand. IV. 3), beantwortet das achte Gleichniß vom Weidenbaum. Die Zweige des Weidenbaumes haben nämlich ein zähes Leben. Wenn auch geknickt und selbst vom Baume getrennt, können die scheinbar verdorrten Zweige, wenn sie in die Erde gepflanzt und reichlich begossen werden, wieder zu neuem Leben aufblühen (Sim. VIII. 2, 7). So können auch diejenigen, welche durch schwere Sünden die lebendige Gemeinschaft mit Christus und der Kirche verloren haben, durch Buße und die von Christus in seiner Kirche hinterlegten Gnadenmittel wieder zu neuem Leben erweckt werden. Sie können wieder Aufnahme in den Thurm finden (Sim. VIII. 6, 6). Nachdem so das achte Geheimniß zum Bilde vom Thurmbau zurückgeführt, kann der Hirt nunmehr sein früheres Versprechen lösen und dem Hermas im neunten Gleichnisse die dritte und vierte Vision, die eigentliche Offenbarung, in ausführlicherer Gestalt zeigen. In großartigen Zügen entrollt uns der Hirt in diesem letzten und vorzüglichsten Abschnitte der Schrift, worauf er selbst den größten Werth legt (vgl. Sim. IX. 1, 3), das Bild der Kirche in ihrer irdischen Entwicklung und einstigen Vollendung. Nach dem neunten Gleichnisse ist die Kirche das neue zwölfstämmige Israel, erbaut auf dem Fundamente der Propheten und Apostel, dessen Grund- und Eckstein aber der ewige Sohn Gottes ist (Sim. IX. 2, 1). Zur Kirche sind berufen von allen Völkern der Erde; aber der äußeren Verschiedenheit der Berufenen steht eine durchgreifende innere Verschiedenheit gegenüber. Nicht alle Berufenen sind auch lebendige Glieder der Kirche. Es finden sich in ihr Gute und Böse. Einmal findet die Scheidung statt. Für jetzt tritt noch eine Unterbrechung des Thurmbaues ein durch die Bußoffenbarung des Hermas (Sim. IX. 5, 1—3). Der Herr des Thurmes, der einst zum Gericht kommen wird, und vor dessen allwissenden Augen die Guten und Bösen schon jetzt geschieden sind, kommt vorläufig, um die schadhaften Steine aus dem Thurme zu entfernen und dem Bußengel zur Behauung zu übergeben (Sim. IX. c. 6 und 7). Durch Buße können die Sünder wieder zur lebendigen Gemeinschaft mit der Kirche gelangen und so in der verherrlichten Kirche der Zukunft Platz finden (Sim. IX. 18, 3; vgl. Vis. IV. 3, 6).

Wir brechen hier ab, um zur Erörterung der Lehre des Hirten selbst überzugehen.

C. Die Lehre des Hirten des Hermas.

I. Die Lehre von der Sündenvergebung.

Den Mittelpunkt des Lehrinhaltes des Hirten des Hermas, um den sich die ganze Schrift bewegt, bildet die Lehre von der Sündenvergebung. Die Quintessenz der Lehre des Hirten von der Sündenvergebung aber findet sich Mand. IV. 3, wo der Hirt sich ausdrücklich über diese Cardinalfrage äußert. Wir wollen daher auch dieser Stelle zunächst unsere Aufmerksamkeit zuwenden. Hermas fragt Mand. IV. 3, 1 den Hirten um seine Meinung über die Ansicht einiger Lehrer, wonach es keine andere Sündenvergebung mehr gebe, als die durch die Taufe. Um welche Sünden es sich hier wenigstens vorzüglich handelt, ist dem Zusammenhang nach klar. Es sind die sogenannten canonischen Vergehen, besonders der Ehebruch, der wirkliche und mehr noch der geistige Ehebruch, nämlich der Abfall vom Glauben (vgl. Mand. IV. 1). Für diese Vergehen wollten also die Vertreter der neuen Lehre keine Buße mehr nach der Taufe zugeben, wenigstens den betreffenden Sündern die volle Reconciliation mit der Kirche für immer versagen. Es ist eine ganz neue Lehre, welche erst von Wenigen vertreten wird. Sie weicht von der bisherigen Praxis der Kirche durchaus ab, wie schon daraus hervorgeht, daß sie wegen ihrer Neuheit und Strenge den Hermas geradezu mit panischem Schrecken erfüllt hat (vgl. Mand. IV. 3, 7). Die neue Lehre ist mit einem Worte der aufkeimende Montanismus, und die genannten Lehrer sind wohl die ersten Vertreter desselben in Rom. Man hat zwar behauptet, daß der Montanismus nicht schon von Anfang an die absolute Unvergebbarkeit der schweren Sünden behauptet habe. Allein das wird dadurch nicht bewiesen, daß Tertullian erst allmählich zu dieser Strenge fortschritt; denn er wurde eben allmählich zum Montanismus hingetrieben. Uns scheint gerade auch der Hirt des Hermas es nahezulegen, daß die Montanisten von Anfang an der Kirche die Gewalt zur Vergebung der schweren Sünden abgesprochen haben. Nur in Folge außerordentlicher Geistesoffenbarung gaben sie eine solche zu. Weiter hat man darauf hingewiesen, daß sich die Lehre von der einmaligen Sündenvergebung bloß durch die Taufe auch sonst in der alten Kirche, wenn auch nur sporadisch, finde. So berichtet Irenäus, er habe von einem Apostelschüler gehört, daß für die, welche nach der Taufe sündigen, Christus nicht mehr sterbe. Allein es scheint hier nur auf den wesentlichen Unterschied zwischen der vollen Sündenvergebung durch die Taufe und der nachherigen durch die Buße angespielt zu werden; ein Unterschied, den, wie wir sehen werden, auch der Hirt betont. Bei den Vertretern der neuen Lehre dagegen handelt es sich speciell um die canonischen Vergehen und um die absolute Unvergebbarkeit der schweren Sünden nach der Taufe. Wir bleiben daher bei der Meinung, daß der Hirt Mand. IV. 3, 1 um sein Urtheil über die montanistische Lehre von der Sündenvergebung befragt wird. Sehen wir, wie er darüber urtheilt; denn an diesem Punkte muß sich vor allem die viel ventilirte Frage entscheiden, ob der Hirt des Hermas antimontanistisch oder aber selbst montanistisch ist.

Die Tendenz des Hirten des Hermas ist nach unserer Ansicht durchaus antimontanistisch, wenn er auch der neu aufkeimenden Bewegung noch versöhnlich und vermittelnd gegenübersteht. Er hält die Grundsätze des Montanismus an sich für verfehlt und in ihren Konsequenzen für gefährlich, wenn er auch das Richtige derselben nicht verkennt. Er sucht daher überall aus den extremen Anschauungen den gesunden Kern herauszuschälen. So erklärt er Mand. IV. 4 die zweite Ehe für erlaubt; unterläßt aber nicht das Gegentheil als vollkommener zu bezeichnen. Er hat nach Sim. V. an sich gegen das strenge Fasten nichts einzuwenden, wenn man es nur nicht für streng geboten erachtet und darüber nicht die wichtigeren Gebote sowie die Werke der Nächstenliebe hintansetzt. Diesen seinen grundsätzlich antimontanistischen Charakter verläugnet der Hirt des Hermas auch in der Lehre von der Sündenvergebung nicht, wenn er auch hier dem Montanismus möglichst weit entgegenzukommen sucht.

Auf die erwähnte Frage des Hermas über die Ansicht der Vertreter der neuen Lehre von der Sündenvergebung Mand. IV. 3, 1 antwortet der Hirt Mand. IV. 3, 2 zunächst, daß die genannten Lehrer insofern recht hätten, als derjenige, welcher einmal durch die Taufe vollen Nachlaß seiner Sünden erlangt habe, sich fernerhin vor schweren Sünden hüten solle. Das klingt fast wie eine Zustimmung, ist aber in Wahrheit eine principielle Ablehnung der neuen Lehre von der Sündenvergebung. Denn mit diesem ersten Satze schon hat der Hirt die Frage von dem dogmatischen Gebiete auf das ethisch=practische Gebiet verlegt, wie das Folgende deutlich zeigt. Er macht nämlich Mand. IV. 3, 3 einen Unterschied zwischen denjenigen, welche jetzt oder in Zukunft erst gläubig und getauft werden, und denjenigen, welche schon früher getauft wurden, aber in schwere Sünden zurückgefallen sind. Jenen soll fernerhin nach der Taufe keine Buße mehr für schwere Sünden gestattet sein. Aber warum dieses? Etwa weil die Kirche zur Vergebung schwerer Sünden keine Gewalt hat? Der Hirt motivirt seine strenge Forderung für die Zukunft ganz anders. Er will, wie er ausdrücklich hervorhebt, denjenigen, welche jetzt oder in Zukunft erst gläubig werden, durch die Aussicht auf fernere Vergebung der schweren Sünden keinen Anlaß geben. Er bewegt sich also durchaus auf dem practischen Gebiete der

Kirchenzucht. Er will dadurch von schweren Sünden abschrecken, daß er für die Zukunft eine strengere Disciplin in Aussicht stellt. Anders soll es nach Mand. IV. 3, 4—6 mit denen gehalten werden, welche schon früher getauft wurden, aber nach der Taufe in schwere Sünden zurückgefallen sind. Diesen hat Gott in seiner Barmherzigkeit und in Anbetracht der menschlichen Schwäche noch eine einmalige Buße für alle schweren Sünden gewährt, und mit der Abhaltung dieser Buße ist eben der Hirt beauftragt. Man könnte hier leicht auf den Gedanken kommen, daß die vom Hirten angekündigte einmalige Buße, mit deren Abhaltung er betraut ist, nur eine außerordentliche, in Folge besonderer Offenbarung gewährte sei. Dann wäre freilich die Lehre des Hirten montanistisch, da auch die Montanisten den Propheten und nur diesen die Kompetenz zur Sündenvergebung zuschrieben. Allein nach allen Anzeichen müssen wir annehmen, daß der Hirt in Bezug auf die Vergangenheit die allgemeine Praxis der alten Kirche vertritt, welche allen schweren Sündern eine einmalige Buße und Reconciliation gestattete. Nur in Bezug auf die Zukunft stellt der Hirt eine größere Strenge in Aussicht, die er aber nur durch einen practischen Grund, wie wir gesehen, motivirt. Wir müssen daraus schließen, daß nach der Ansicht des Hirten an sich auch fernerhin, wie bisher, den schweren Sündern Buße und Verzeihung gewährt werden könnte, auch selbst eine mehrmalige. Nur aus Gründen der Kirchenzucht soll es für die Zukunft nicht mehr geschehen, wie auch die einmalige Buße und Reconciliation bisher schon Regel war. Eine außerordentliche Bußoffenbarung ist die des Hirten allerdings, aber keineswegs eine montanistische. Sie ist eine außerordentliche vor Allem in dem Sinne, daß in außerordentlicher Weise alle schweren Sünder, namentlich die den Glauben verläugnet hatten, zur Buße und Wiederversöhnung mit der Kirche eingeladen werden. Er schließt daher auch nur diejenigen von der Buße aus, welche keine Buße thun wollen, nämlich die Apostaten, welche definitiv mit der Kirche gebrochen haben (Sim. VIII. 6, 4. IX. 19, 1), und allenfalls noch die Zweifelsüchtigen, denen es an dem rechten Vertrauen auf die Kraft der Buße fehlt. Unter den oft genannten Zweifelsüchtigen scheinen die Anhänger der Gnostiker verstanden zu sein, welche wohl manchmal den Anlauf zur Buße nahmen; aber dann leicht wieder von ihren falschen Propheten sich abwendig machen ließen. Daher auch von den Gnostikern einmal gesagt wird, daß ihre Anhänger häufig Buße thun (Mand. XI. 4), und wieder, daß sie Andere von der Buße abhalten (Sim. VIII. 6, 5). Eine außerordentliche Bußoffenbarung ist die des Hirten sodann weiter als eine letzte und endgültige, insofern das Ende der Welt nahe bevor zu stehen scheint. Die große Bußperiode beginnt mit dem Tage der Verkündigung der Bußoffenbarung des Hirten (Mand. IV. 3, 3; vgl. Vis. II. 2, 5) und endigt mit der Vollendung des Thurmes, d. h. mit dem Ende der Welt (Vis. III. 8, 9 vgl. 9, 5). Es ist zwar über diese beiden Zeitpunkte der vom Hirten verkündigten Bußzeit viel gestritten worden; jedoch sind sie in der angegebenen Weise durch die Schrift deutlich bestimmt. In dieser Zeit ist allen Sündern Gelegenheit geboten, für die bisher begangenen Sünden Buße zu thun; und es wird im Hirten des Hermas viel mehr Nachdruck auf die angebotene Verzeihung gelegt, als auf die in Aussicht gestellte Verschärfung der Bußdisciplin. Es erledigt sich damit auch ein Einwand, den man auf Grund der Lehre von der Sündenvergebung des Hirten gegen die früher von uns vertheidigte Ansicht vom Ursprung der Schrift erhoben hat. Man hat es widersinnig gefunden, daß Hermas seine Offenbarung in eine frühere Zeit sollte verlegt haben, da sie ja für eine spätere Zeit dadurch zwecklos geworden wäre, daß er vom Tage der Verkündigung seiner Offenbarung an eine strengere Disciplin in Aussicht stellt. Wie hätte, so hat man argumentirt, um die Mitte des zweiten Jahrhunderts die Bußoffenbarung des Hirten noch dazu dienen können, die Sünder zur Buße zu ermahnen, da ja nach der Schrift selbst nunmehr die Gelegenheit zur Buße längst vorüber war? Allein dieser Einwand macht unsere Ansicht über den Ursprung des Hirten nicht hinfällig. Die Bußoffenbarung konnte erst dann wirksam werden, nachdem sie allgemein verkündet und bekannt wurde. Wenn aber schon ein Prophet zur Zeit des römischen Clemens eine strengere Disciplin in Aussicht gestellt, um wie viel mehr muß jetzt bald damit Ernst gemacht werden! Und wenn damals schon der Prophet mit Rücksicht auf das nahende Ende zu schneller Buße mahnte, um wie viel dringender erscheint jetzt ernste und schnelle Buße geboten! Es sollte eben das höhere Alter der Bußoffenbarung des Hermas derselben mehr Nachdruck verleihen.

So erweist sich der Hirt des Hermas auch in der Lehre von der Sündenvergebung als durchaus antimontanistisch, wenn er auch hier dem Montanismus am weitesten entgegenkommt. Er billigt, um noch einmal auf die wichtige Stelle, von welcher wir ausgegangen sind, zurückzukommen, Mand. IV. 3, 2 die Ansicht der neuen Lehrer insofern, als sie das Ideal der Kirche bezeichnen. Diesem Ideal muß man nachstreben, weßhalb der Hirt Mand. IV. 3, 3 für die Folge eine größere Strenge ankündigt. Aber über dem Ideal darf man in Anbetracht der menschlichen Schwäche die reale Wirklichkeit nicht übersehen. Und so betont denn auch der Hirt Mand. IV. 3, 4—6 besonders, daß Gott für die Vergangenheit allen Sündern Buße und Verzeihung anbiete. Aber, wird man sagen, für die Zukunft will doch der Hirt das montanistische Ideal verwirklicht wissen. Wohl will er das, aber zunächst aus anderen Gründen, als die Montanisten. Zudem erscheint dem Hermas diese Zukunft nicht mehr groß. Das Ende naht. Darum kann für die Zukunft auf Buße nicht mehr mit Sicherheit gerechnet werden. Als Ideal schwebt dem Hermas, gleich Tertullian, eine Kirche der Reinen vor; aber er bleibt sich bewußt, daß dieses Ideal in der gegenwärtigen Zeit niemals Wirklichkeit wird (vgl. Vis. IV. 3, 5).

II. Die Eschatologie des Hirten.

Mit der Lehre von der Sündenvergebung hängt die Eschatologie des Hirten eng zusammen. Eine kurze Besprechung der letzteren wird daher auch zur Ergänzung der Lehre von der Sündenvergebung dienen. Nach dem Hirten ist das Ende der Welt nahe. Der Verfasser theilte diese Anschauung wenigstens noch mit Vielen seiner Zeitgenossen, und sie mußte bei ihm als Bußprediger um so mehr in den Vordergrund treten. Die drohende Verfolgung scheint ihm wohl die Endverfolgung zu sein (vgl. Vis. II. 2, 7 sq.; vgl. Vis. IV. 2, 4). Dennoch vollzieht er diese Verbindung nirgendwo vollständig. Im Gegentheil weist der Hirt Vis. III. 8, 9 die Frage des Hermas nach dem Zeitpunkt der Vollendung des Thurmes, d. i. des Endes der Welt als eine vorwitzige zurück. Ueber Zeit und Stunde soll er nicht fragen. Es genüge ihm zu wissen, daß der Thurm bald vollendet wird. In diesem Punkte ist also die Lehre des Hirten durchaus correct. Aber lehrt nicht Hermas den Chiliasmus? Es ist eine allgemeine Anklage gegen den Hirten, daß er, wenn auch in milder Form, chiliastischen Anschauungen huldige. Man gründet diese Anklage vor Allem auf den Umstand, daß er den Gläubigen für die Sünden der Vergangenheit Buße zugesteht bis zur Vollendung des Thurmes, den Heiden aber ausdrücklich bis zum jüngsten Tage (Vis. II. 2, 5; vgl. Vis. III. 5, 5). Da nun die Vollendung des Thurmes offenbar als mit dem Ende der Welt zusammenfallend gedacht wird, so scheint der Hirt einen Zwischenraum zwischen diesem und dem jüngsten Tage zu lassen, den etwa ein tausendjähriges Reich ausfüllen könnte[1]. Allein diese Anklage erweist sich bei genauerem Zusehen als durchaus unbegründet. Nach dem Hirten sind die noch ungetauften Heiden in einem gewissen Vortheil vor den früher Getauften, welche in schwere Sünden zurückgefallen sind. Stimmt dieser Vortheil der Heiden nun schlecht zu einem tausendjährigen Reiche, so können wir gerade von diesem Punkte aus zur richtigen Auffassung der Lehre des Hirten gelangen. Den gefallenen Gläubigen ist Buße gestattet bis zur Vollendung des Thurmes; aber diese Buße ist eine mühsame und peinliche (vgl. Sim. VI et VII.). Sie können bis zur Vollendung des Thurmes in diesen selbst noch Aufnahme finden; aber das hängt davon ab, wie schnell und eifrig sie Buße thun. Sonst bleiben sie in den Vormauern des Thurmes und haben bei der Vollendung des Thurmes nur das, daß sie neben dem Thurme liegen (Vis. III. 5, 5). Da sind die Heiden im Vortheil. Sie haben jederzeit noch bis zum jüngsten Tage Gelegenheit, durch die Taufe vollen Nachlaß der Sünden zu erlangen, und so in den Thurm selbst aufgenommen zu werden. Es wird durch die Vollendung des Thurmes und den jüngsten Tag kein verschiedener Zeitpunkt bezeichnet. Vielmehr beruht der ganze Unterschied in der Verschiedenheit der Sündenvergebung, welche den Gefallenen durch peinliche Buße und den Heiden durch die Taufe bis zum Ende gewährt ist. Diese Verschiedenheit der Sündenvergebung betont der Hirt ausdrücklich Mand. IV. 3, 3, und danach ist Vis. II. 2, 5 zu erklären. Die Heiden können noch jederzeit bis zum jüngsten Tage durch die Taufe unmittelbar in die Kirche selbst aufgenommen werden, während die Büßer erst durch die Vormauern, d. h. die verschiedenen Bußstationen hindurchgehen müssen. Und da hängt es von ihrem Eifer

---

[1] So u. A. Lipsius, Zeitschrift für wissenschaftliche Theologie, 1866, S. 36.

und ihrer Würdigkeit ab, ob sie bis zum nahen Ende der Welt noch in den Thurm selbst Aufnahme finden, d. h. die Reconciliation erhalten, oder aber ob sie neben dem Thurme liegend, d. h. noch in der Buße erfunden werden.

Ueber die Vormauern des Thurmes, von welchen der Hirt namentlich im achten Gleichnisse spricht, ist viel gestritten worden. Wir halten dafür, daß dadurch die Bußstationen bezeichnet werden. Es stimmt am besten zu dieser Auffassung, daß der Hirt denen, welche beim Endgericht neben dem Thurme liegen, Hoffnung für die Ewigkeit läßt, wenn sie auch in den Thurm selbst hienieden keine Aufnahme mehr gefunden haben (vgl. Vis. III. 5, 5). Es stimmt dazu, daß der Hirt Sim. VIII. 6, 6 erste Mauern erwähnt, von denen aus unmittelbar der Weg in den Thurm selbst führt. In diese Vormauern, d. h. unter die Büßenden können wohl auch diejenigen noch Aufnahme finden, welche nach der Verkündigung der Bußoffenbarung in schwere Sünden fallen oder wiederholt rückfällig werden, wenn ihnen auch die volle Reconciliation, die Aufnahme in den Thurm selbst, für immer versagt bleiben muß (vgl. Vis. III. 7, 5 und 6).

Auch die Vormauern des Thurmes geben also keine Veranlassung an ein tausendjähriges Reich zu denken. Sie gehören der irdischen Entwicklung der Kirche an. Die in ihnen Befindlichen aber haben Hoffnung für die Ewigkeit, weil sie nicht ganz mit der Kirche gebrochen haben, sondern zur Buße bereit waren. Ebensowenig ist unter den Vormauern des Thurmes das Fegfeuer zu verstehen. Ein gewisses Fegfeuer sinnbilden sie allerdings; aber ein irdisches, welches gleich dem eigentlichen Fegfeuer im katholischen Sinne mit der Vollendung des Thurmes, d. h. mit dem Ende der Welt ebenfalls sein Ende erreicht. Der Hirt des Hermas richtet sein Augenmerk überhaupt nicht auf das Schicksal des Einzelnen nach seinem Tode, sondern auf die irdische Entwicklung der ganzen Kirche und ihre einstige Vollendung.

III. Die Christologie des Hirten.

Die heftigsten Angriffe hat die Christologie des Hirten erfahren. Zunächst macht man dem Hermas fast allgemein den Vorwurf, daß er den Sohn Gottes mit dem heiligen Geiste identificire. Es kommen hier zwei Stellen in Betracht: Sim. V. 5, 2 und Sim. IX. 1, 1. An der erstgenannten Stelle bezeichnet der Hirt unter genauer Unterscheidung der höheren göttlichen und der niedrigeren menschlichen Natur des Sohnes Gottes diesen seiner höheren göttlichen Natur nach als identisch mit dem heiligen Geiste. Ob aber darum der Hirt über der wesentlichen Einheit des Sohnes Gottes nach seiner göttlichen Natur mit dem heiligen Geiste den persönlichen Unterschied beider Personen übersehen habe, bleibt zum mindesten zweifelhaft. Es darf um so weniger auf Grund der in Rede stehenden Stelle angenommen werden, weil er Christum seiner menschlichen Natur nach hier als Sohn Gottes bezeichnet, und so für die prägnante Hervorhebung der höheren göttlichen Natur des Sohnes kaum noch ein anderer Ausdruck übrig blieb, als der vom Hirten gewählte: ὁ δὲ υἱὸς τὸ πνεῦμα τὸ ἅγιόν ἐστιν. Man hat daher auch mehr Werth auf die zweite Stelle Sim. IX. 1, 1 gelegt, um zu beweisen, daß der Hirt den Sohn Gottes mit dem heiligen Geiste identificire. Hier erklärt der Hirt den heiligen Geist, welcher früher in den Visionen durch die die Kirche repräsentirende Frauengestalt gesprochen habe, für den Sohn Gottes. Aber auch hier braucht man schon mit Rücksicht auf die erste Stelle Sim. V. 5, 2 nur an die wesentliche Identität des Sohnes Gottes mit dem heiligen Geiste zu denken, ohne eine Läugnung der persönlichen Verschiedenheit anzunehmen. Zudem gibt es noch eine andere Erklärung von Sim. IX. 1, 1, welche die obwaltende Schwierigkeit noch besser lösen dürfte. Es ist hier präcise von dem heiligen Geiste die Rede, welcher zu Hermas in Gestalt der

Kirche gesprochen hat. Man kann daher das τὸ πνεῦμα τὸ ἅγιον trotz des bestimmten Artikels wegen des erklärenden Beisatzes τὸ λαλῆσαν μετὰ σοῦ ἐν μορφῇ τῆς ἐκκλησίας ganz gut allgemein von dem in jenen Erscheinungen der Matrone sich kundgebenden geistigen Wesen verstehen. Dieses geistige Wesen wird dann als der Sohn Gottes, die Offenbarungen der Kirche als seine Offenbarungen bezeichnet, ohne daß dabei die Person des heiligen Geistes in Betracht käme. Diese Erklärung der Stelle stimmt auch zu dem Folgenden, indem Sim. IX. 1, 2 die Erscheinung des Hirten als Offenbarung desselben geistigen Wesens (τοῦ αὐτοῦ πνεύματος), nämlich des Sohnes Gottes bezeichnet wird. Der Hirt will sagen, daß die dem Hermas zu Theil gewordenen Offenbarungen trotz der scheinbaren Verschiedenheit der äußeren Vermittlung doch gleichmäßig Offenbarungen desselben geistigen Wesens, des Sohnes Gottes, seien, welcher früher durch die Matrone und jetzt durch einen Engel zu ihm gesprochen habe. Wir können daher denen nicht zustimmen, welche dem Hermas vorwerfen, er habe den Sohn Gottes mit dem heiligen Geiste identificirt. Wie allgemein auch dieser Vorwurf gemacht wird, so läßt er sich doch mit gutem Recht von dem Hirten abwehren. Sollte aber die Ausdrucksweise an der Stelle Sim. IX. 1, 1 noch immer befremden, so erinnern wir daran, daß vielleicht die Rücksichtnahme auf den Montanismus den Verfasser des Hirten hier beeinflußt hat, indem es ihm darauf ankam, die höheren geistigen Erscheinungen und Offenbarungen ausdrücklich auf den Sohn Gottes zurückzuführen.

Noch weniger können wir denjenigen zustimmen, welche weiter behauptet haben, daß das geistige Wesen, der heilige Geist, mit dem Hermas den Sohn Gottes seiner höheren Natur nach identificirt, nichts weiter sei, als ein Engel, speciell der Sim. VIII. 3, 3 genannte Erzengel Michael. An einigen scheinbaren Anhaltspunkten für diese Anklage fehlt es freilich nicht. Dennoch ist sie durchaus hinfällig.

Unter den vielen Engelgestalten, welche uns im Hirten des Hermas begegnen, sind sechs Engel als die oberen, welche zuerst erschaffen wurden, ausgezeichnet (vgl. Vis. III. 4, 1). Außerdem erscheint wiederholt (vgl. Vis. V. 2; Mand. V. 1, 7; Sim. V. 4, 4; Sim. VII. 1, 5) ein oberster Engel, den wir Sim. VIII. 3, 3 als den Erzengel Michael kennen lernen. Es liegt nichts näher, als diese sieben Engel, für die auch sonst bekannten sieben Erzengel mit ihrem Fürsten Michael an der Spitze zu halten, obgleich im Hirten diese Verbindung nicht vollzogen wird. Aber worauf hat man nun die Identität des Erzengels Michael mit dem Sohne Gottes begründet? Zunächst auf den Umstand, daß jene sechs oberen Engel, wie in den Visionen als ständige Begleiter und Diener der Kirche (vgl. Vis. I. c. 4; Vis. III. c. 1. 2. 3 und 10), so im neunten Gleichnisse als Begleiter des Sohnes Gottes erscheinen, während doch als ihr Haupt eigentlich Michael betrachtet werden muß. Dazu kommt, daß dem Erzengel Michael im achten Gleichnisse ganz ähnliche oder vielmehr die gleichen Funktionen zugeschrieben werden, wie dem Sohne Gottes im neunten Gleichnisse, indem namentlich beide die Sünder dem Bußengel überweisen (Sim. VIII. 2, 5 und 3, 5 vgl. Sim. IX. 7, 1 und 2). Jedoch alle diese Umstände, und was man sonst noch in dieser Hinsicht angeführt hat, erklärt sich leicht durch die Thatsache, daß der Erzengel Michael nach dem Hirten als der Fürst des Volkes Gottes der unsichtbare Stellvertreter des Sohnes Gottes in der Leitung der Kirche ist (vgl. Sim. VIII. 3, 3), während die sechs übrigen Erzengel nur als Diener und Begleiter der Kirche wie des Sohnes Gottes betrachtet werden. Ueberall wo daher der Sohn Gottes selbst irgendwie eingeführt wird, muß Michael zurücktreten, während die sechs anderen Engel bleiben. Das zeigt sich schon in den Visionen, wo der Sohn Gottes sich unter der symbolischen Erscheinung der Kirche verbirgt. Noch deutlicher tritt dieß im neunten Gleichnisse hervor, wo der Hirt das einstige Kommen des Sohnes Gottes zum Gericht geistiger Weise anticipirt, indem er ihn zu einer vorläufigen Revision der Kirche erscheinen läßt (Sim. IX. c. 6 und 12). Hier muß Michael schon vorläufig zurücktreten, wie er am Ende der Tage endgültig abgelöst werden wird; denn seine Wirksamkeit beschränkt sich auf die irdische Entwicklung der Kirche, die uns im achten Gleichnisse versinnbildet wird. Hier erscheint daher Michael, wie zuerst mit seinem Namen, so auch in seiner eigentlichen Wirksamkeit.

Wir glauben gezeigt zu haben, daß kein Grund vorliegt, den Sohn Gottes nach dem Hirten mit dem Erzengel Michael zu identificiren, wenn der Letztere auch im Hirten als Doppelgänger des Sohnes Gottes erscheint. Der Hirt unterscheidet vielmehr Sim. VIII. 3, 2 und 3 bei der Erklärung des Gleichnisses vom Weidenbaum den Sohn Gottes ausdrücklich vom Erzengel Michael. Der Sohn Gottes ist der Weidenbaum, welcher mit seinen Aesten die ganze Erde beschattet. Der große Engel Michael aber steht nur als Hüter neben dem Weidenbaume. Auch hätte die erhabene Anschauung von der Person und dem Werke des Sohnes Gottes, welche sich im Hirten des Hermas sonst kundgibt, davon abhalten sollen, der Schrift den Vorwurf zu machen, daß ihr Verfasser den Sohn Gottes mit irgend einem auch noch so erhabenen Engel identificire. Während von den Erzengeln Vis. III. 4, 1 gesagt wird, daß sie zuerst erschaffen worden seien, wird von dem Sohne Sim. IX. 12, 2 nachdrücklich hervorgehoben, daß er seiner höheren Natur nach älter ist, als jede Kreatur, und daß er der Rathgeber des Vaters war bei der Schöpfung. Wollte man aber aus dem Grunde, daß ja Michael der erhabenste Engel ist und noch über den sechs zuerst geschaffenen steht, hier dennoch mit Gewalt einen gewissen Demiurgen in den Hirten hineinzwängen, so verbietet das weiter seine tiefe Anschauung vom Werke des

Sohnes Gottes. Keiner kann, wie der Hirt Sim. IX. c. 12 betont, in das Reich Gottes eingehen, als derjenige, welcher durch die neue Pforte an dem alten Felsen eingeht; keiner, als derjenige, welcher den Namen des Sohnes Gottes trägt; mit einem Worte keiner, als der glaubt und sich taufen läßt.

IV. Die Lehre des Hirten vom Episkopat und Primat.

Der Hirt des Hermas gehört nächst dem Briefe des Clemens von Rom an die Corinther zu den Schriften, auf die man sich protestantischerseits vor Allem gegen den apostolischen Ursprung des eigentlichen Episkopates zu berufen pflegt. Es besteht aber hier ein Unterschied der Argumentation zwischen denjenigen protestantischen Gelehrten, welche den Hirten als eine ächte Schrift aus der Zeit des Clemens von Rom betrachten, und denjenigen, welche denselben für eine fingirte Schrift aus der Mitte des zweiten Jahrhunderts halten. Die Ersteren behaupten, daß im Hirten noch gar nichts vom eigentlichen Episkopat zu entdecken sei, daß Hermas nur zwei kirchliche Aemter, die der Episkopen und Diakonen, kenne, und daß er namentlich die beiden Bezeichnungen πρεσβύτεροι und ἐπίσκοποι noch unterschiedlos gebrauche [1]. Die Anderen, welche dem Hirten einen späteren Ursprung zuweisen, können nicht läugnen, daß zur Zeit der Abfassung des Hirten das Amt des eigentlichen Bischofs in der Kirche schon bestanden habe. Dennoch glauben sie im Hirten noch Merkmale davon entdecken zu können, daß das Episkopat zur Zeit seiner Abfassung erst ein junges und noch angefochtenes Institut gewesen sei [2]. Wir müssen uns mit den Vertretern beider Ansichten auseinandersetzen.

---

[1] So u. A. Zahn, Der Hirt des Hermas S. 98.
[2] So u. A. Lipsius, Zeitschrift für wissenschaftliche Theologie 1866, S. 80 f.; vgl. Chronologie der römischen Bischöfe S. 145.

Was zunächst die Meinung betrifft, daß im Hirten des Hermas wie im Clemensbriefe die Bezeichnungen πρεσβύτεροι und ἐπίσκοποι noch unterschiedlos gebraucht wurden, so ist zu bemerken, daß dieß in keiner von beiden Schriften der Fall ist. Wie im Clemensbriefe, so werden auch im Hirten die kirchlichen Vorsteher überhaupt als **Presbyter** bezeichnet, ohne Unterschied der Rangstufe. Es sind allgemein die προηγούμενοι τῆς ἐκκλησίας (Vis. II. 2, 6. Vis. III. 9, 7) oder οἱ πρεσβύτεροι οἱ προϊστάμενοι τῆς ἐκκλησίας (Vis. II. 4, 3), wozu gerade an der letzteren Stelle sicher auch die Diakonen gezählt werden müssen. Es kann sich daher nur darum handeln, ob auch im Hirten, wie dieß im Clemensbriefe und im neuen Testamente offenbar geschieht, die Bezeichnung ἐπίσκοποι noch gerade von den eigentlichen Presbytern gebraucht wird? Die Entscheidung darüber hängt von der Erklärung der Stelle Vis. III. 5, 1 ab. Will man unter den hier zwischen den Episkopen und Diakonen genannten Lehrern dieselben Lehrer verstehen, welche sonst im Hirten wiederholt neben den Aposteln als deren erste Gehülfen in der Verkündigung des Evangeliums, ohne Beziehung auf ein bestimmtes kirchliches Amt, genannt werden (vgl. Sim. IX. c. 15, 16, 25), so würden an der in Rede stehenden Stelle als eigentliche Kirchenämter nur die der Episkopen und Diakonen übrig bleiben. Hermas würde dann hier von diesen in der Weise und in demselben Sinne sprechen, wie Clemens in seinem Corintherbriefe c. 42 die apostolische Einsetzung der Episkopen und Diakonen erwähnt, ohne daß damit gegen den apostolischen Ursprung des eigentlichen Episkopates entschieden wäre; denn dieser läßt sich anderwärts wie aus dem Clemensbriefe, so auch aus dem Hirten erweisen. Allein es ist nicht wahrscheinlich, daß die Vis. III. 5, 1 genannten Lehrer mit den sonst neben den Aposteln genannten Lehrern, den Evangelisten des neuen Testamentes, identisch sein sollen. Wir sehen davon ab, daß diese Letzteren gleich den Aposteln sonst im Hirten zu den bereits Verstorbenen gezählt werden, und fragen nur: Warum nennt Hermas Vis. III. 5, 1 die Lehrer nicht auch, wie an den übrigen Stellen, unmittelbar nach den Aposteln, sondern zwischen den Episkopen und Diakonen? Wir können dafür keinen anderen Grund entdecken, als den, daß er auch die Lehrer hier als eigentliche Amtsträger bezeichnen will. Wir schließen uns daher der Meinung an, daß Hermas Vis. III. 5, 1 die drei Aemter der Episkopen, Presbyter und Diakonen nennt, welche von den Aposteln eingesetzt wurden, um ihr Werk auf Erden fortzuführen. Es stimmt dazu auch vortrefflich, daß Hermas hier die kirchlichen Amtsträger in so enge Verbindung mit den Aposteln bringt. Unter den Episkopen haben wir also eigentliche Bischöfe zu verstehen, welche uns auch sonst im Hirten ohne die Diakonen begegnen (vgl. Sim. IX. 27, 2), während sie im neuen Testamente und im Clemensbriefe stets zugleich mit den Diakonen genannt werden. Als Lehrer bezeichnet Hermas Vis. III. 5, 1 die eigentlichen Presbyter, was uns um so weniger auffallen kann, weil er den Ausdruck Presbyter, wie wir gesehen, in allgemeiner Bedeutung gebraucht. Dazu kommt, daß ja die eigentlichen Presbyter die Gehülfen der Bischöfe in Verwaltung des Lehramtes sind, ähnlich wie auch die Apostel Lehrer als Gehülfen neben sich hatten. Auch sonst werden die Presbyter häufig Lehrer genannt[1]. Schon unter den im Hirten selbst Mand. IV. 3, 1 genannten Lehrern haben wir wahrscheinlich an Mitglieder des römischen Presbytercollegiums zu denken. Freilich hatte diese Benennung eines Presbyters als Lehrer gewöhnlich die Bedeutung, daß er ein besonders hervorragender Lehrer sei. So mag es auch schon Mand. IV. 3, 1, nicht aber Vis. III. 5, 1, zu verstehen sein. Es thut dieß unserer Argu-

---

[1] Vgl. Döllinger, Hippolytus und Kallistus S. 341 f.

mentation keinen Abbruch, da Hermas die Bezeichnung Lehrer ganz gut in verschiedenem Sinne gebrauchen kann. Nicht so gut wenigstens konnte er nach seinem früher erwähnten Sprachgebrauch Vis. III. 5, 1 die eigentlichen Presbyter auch mit diesem Namen nennen.

Schon nach dem bisher Gesagten ist es wenigstens höchst wahrscheinlich, daß Hermas die drei Aemter der Bischöfe, Presbyter und Diakonen kennt und als apostolische Einrichtung in der Kirche betrachtet. Wir müssen nun weiter untersuchen, ob nicht vielleicht dennoch das eigentliche Episkopat nach dem Hirten noch als ein junges und angefochtenes Institut erscheint? Man hat das daraus schließen wollen, daß der Hirt wiederholt ehrgeizige Bestrebungen der Presbyter um den Vorrang tadelt (Vis. III. 9, 7—9; vgl. Sim. VIII. 7, 4.). Allein es ist zunächst zu bemerken, daß Sim. VIII. 7, 4 gar nicht speciell von den Presbytern die Rede ist. Will man aber auch mit Bezug auf Vis. III. 9, 7 speciell an ehrgeizige Bestrebungen der Presbyter denken, so bleibt es doch höchst ungewiß, ob diese auf das Episkopat Bezug hatten. Warum soll nicht einfach an Streitigkeiten über den Vorrang im Presbytercollegium gedacht werden können, wozu der Plural περὶ πρωτείων jedenfalls besser paßt? Auch der Umstand, daß der Hirt Vis. III. 9, 7 die Presbyter πρωτοκαθεδρίται nennt, beweist schon deßhalb nichts für die gegnerische Ansicht, weil diese Bezeichnung dem Zusammenhang nach den einfachen Sinn hat, daß die kirchlichen Vorsteher als solche die ersten Sitze einnehmen. Wollte man aber auch hier an ein Streben nach der ersten Kathedra denken, so kann sich dieses Streben ja ebenso gut auf die erste Kathedra im Presbytercollegium, als auf die eigentlich bischöfliche Kathedra, beziehen. Nehmen wir endlich auch das Letztere an, so ist damit immer noch nicht bewiesen, daß die Presbyter das Institut des Episkopates selbst anfeindeten. Oder tadelt etwa der Verfasser des Hirten die Bestrebungen der Presbyter nach der ersten Kathedra eben deßhalb, weil ihm die bischöfliche Kathedra als eine Usurpation erscheint? Gerade das hat man behauptet, aber nicht bewiesen. Denn dann hätte sich der Verfasser gerade gegen den Einen wenden müssen, der gleich dem falschen Propheten Mand. XI. 12 sich die erste Kathedra anmaßte. Wenn es nun aber jetzt allgemein als unthunlich betrachtet wird, den falschen Propheten, wie dieß früher wohl geschehen ist, als den anmaßenden Bischof zu betrachten, da der falsche Prophet nach Mand. XI. 13 offenbar außerhalb der Kirche steht, so sollte man auch endlich einsehen, daß die im Hirten gerügten ehrgeizigen Bestrebungen der Presbyter mit einer Bekämpfung des Episkopates absolut nichts zu thun haben; dieß um so mehr, weil der Verfasser des Hirten, wie überhaupt auf Seite der kirchlichen Amtsträger, so insbesondere auf Seite des römischen Bischofs steht.

Wir haben bisher die wichtigste Stelle des Hirten in der Frage nach dem Ursprung des Episkopates noch übergangen. Es ist Vis. II. 4, 3, wo wir zugleich die Anschauung des Hermas von dem Primat der römischen Kirche und ihres Bischofs kennen lernen. Der hier genannte Clemens gehört nach Vis. II. 4, 2 zu den Presbytern, d. i. Vorstehern der römischen Kirche. Im folgenden Satze wird er dann von den übrigen Presbytern in einer Weise unterschieden und an die Spitze gestellt, daß seine Stellung durchaus als eine eigentlich bischöfliche erscheint. Auf das bischöfliche Amt weist auch die Function hin, welche hier dem Clemens zugedacht wird, nämlich den Verkehr mit den auswärtigen Kirchen zu vermitteln. Aber die Stellung des Clemens ist hier unserer Ansicht nach mehr als eine einfach bischöfliche. Es handelt sich nicht bloß um den gewöhnlichen Verkehr des Bischofs mit auswärtigen Kirchen, sondern um die amtliche Mittheilung der für die ganze Kirche bestimmten Offenbarungen an die auswärtigen Kirchen überhaupt. Und darum hebt auch der Verfasser des Hirten so nachdrücklich hervor, daß dieß dem Clemens zustehe: ἐκείνῳ γὰρ ἐπιτέτραπται. Dieser nachdrückliche Zusatz, dessen Aechtheit nicht wohl anzufechten ist, hat auf uns immer den Eindruck gemacht, daß der Verfasser des Hirten damit auf den berühmten Brief des Clemens an die Corinther anspiele. Der Clemensbrief aber war ein Ausfluß des Primates der römischen Kirche und ihres Bischofs, und wurde auch als solcher im Alterthum betrachtet; denn gerade diesem Umstande verdanken der Brief und sein Verfasser ihre große Berühmtheit. Als Ausfluß des Primates scheint auch der Verfasser des Hirten an unserer Stelle den Clemensbrief zu betrachten. Freilich verräth er, indem er die Berühmtheit dieses Briefes schon voraussetzt, daß er selbst nicht wohl noch ein Zeitgenosse des Clemens gewesen sein kann. Wir berufen uns auf ihn auch nur für die Thatsache, daß um die Mitte des zweiten Jahrhunderts der Clemensbrief als das betrachtet wurde, was er in Wahrheit ist, nämlich ein Zeugniß für den Primat der römischen Kirche und ihres Bischofs Clemens, der daher auch im Hirten in einer oberbischöflichen Stellung über die ganze Kirche erscheint.

V. Der katholische Charakter des Hirten.

Wenn wir hier von dem katholischen Charakter des Hirten des Hermas sprechen, so verstehen wir darunter nicht etwa bloß das, daß der Hirt weder extrem heidenchristlich, noch einseitig judenchristlich sei. Zwar haben die Experimente jener Schule, welche alle Schriften des kirchlichen Alterthums nach den bekannten Kategorieen **paulinisch** und **petrinisch** hübsch ordnen wollte, auch an dem Hirten des Hermas die Probe nicht bestanden. Der Hirt ist petro=paulinisch, wie schon die verschiedenen Urtheile über denselben in dieser Hinsicht gezeigt haben. Aber der Hirt ist noch in einem viel höheren Sinne katholisch, indem er nicht nur in einzelnen Punkten sich für specifisch katholische Lehren ausspricht, sondern auch durchweg von specifisch katholischen Grundanschauungen beherrscht ist, wie wir im Folgenden näher zeigen wollen.

Beginnen wir mit der die ganze Schrift beherrschenden Idee von der Kirche, so weiß der Verfasser das Ideal der Kirche als der Gemeinschaft der in Glaube und Liebe mit Christus Verbundenen, sie mögen noch leben oder bereits verschieden sein, wohl zu würdigen, wie namentlich die dritte Vision zeigt. Dennoch betrachtet der Hirt die Kirche nicht als eine unsichtbare. Der die Kirche sinnbildende Thurm ragt in den Himmel hinein, da er erst am Ende der Welt vollendet wird; aber bis dahin gehört er sammt seinen Vormauern der äußeren sinnlichen Erscheinung an. Am Ende der Tage erst wird er der Sichtbarkeit entrückt. Mit seiner Vollendung wird er, genau genommen, verschwinden. Und so großen Werth legt der Hirt auf die äußere Zugehörigkeit der Kirche, daß er gerade nur den Apostaten das Heil abspricht, während diejenigen, welche als Büßer zwar hienieden nicht in der vollen Gemeinschaft mit der Kirche standen, dennoch dadurch für die Ewigkeit Hoffnung haben, daß sie das Band mit der Kirche nicht zerrissen, wenn sie auch nur einen niederen Grad der Seligkeit erreichen mögen (vgl. Vis. III. 5, 5). Ueber die Verfassung der Kirche spricht sich der Verfasser des Hirten zwar nirgendwo ausdrücklich aus; aber er läßt uns dennoch nicht im Zweifel darüber, daß die Kirche eine bestimmte äußere Fassung hat. Er kennt und nennt das dreifache kirchliche Amt als Nachfolge des Apostolats (Vis. III. 5, 1) und kennt auch den das äußere Gebäude der Kirche krönenden Primat, wie die Stellung beweist, die er dem römischen Clemens in seiner Schrift anweist (Vis. II. 4, 3).

Wir haben gesehen, wie sehr der Hirt namentlich Sim.

IX. c. 12 die Nothwendigkeit des Glaubens betont. Dennoch ist ihm die Rechtfertigung nicht bloßes Resultat des Glaubens, sondern das Werk ernster Buße, wie namentlich Sim. VI—VIII. zeigen. Ebenso wenig betrachtet er die Rechtfertigung als bloße Entsündigung, sondern als positive Heiligung durch Innewohnung des heiligen Geistes (Sim. V. 7; vgl. Mand. X. 2, 5 sq.). Man hat Sim. V. 7 dahin verstehen wollen, daß der heilige Geist im Sohne Gottes nicht anders gewohnt habe, als in jedem Geheiligten. Das ist reine Willkür, womit man eine bloße Analogie verzerren wollte. Aber was diese und andere Stellen sicher beweisen, das ist die dauernde lebendige Verbindung, in welcher die Gerechtfertigten durch den heiligen Geist mit Christus stehen. Auf Grund dieser Verbindung können sie denn auch wahrhaft verdienstliche Werke verrichten und wie Christus selbst überfließende gute Werke thun (vgl. Sim. V. c. 2 sqq.).

Klar und bündig begründet der Hirt Sim. V. c. 3 mit specieller Beziehung auf das Fasten die katholische Lehre von den so oft angefeindeten opera supererogatoria. Mit diesen hängen aber im katholischen System die sogenannten evangelischen Räthe zusammen. Es kann uns daher nicht wundern, wenn wir im Hirten auch davon wenigstens ein Analogon finden. Dieses liegt aber in der dem Hermas Vis. II. 2, 3 ertheilten Ermahnung, fernerhin mit seiner Frau ein vollkommenes Leben als Schwester zu führen. Man hat diese Stelle, wie auch ähnlich 1. Cor. 9, 5, protestantischerseits dahin verwischen wollen, als ob hier nur das Eheweib als christliche Schwester bezeichnet werden solle. Allein damals kannte man eine Frau Schwester in dem Sinne, wie man heute in gewissen Kreisen davon spricht, noch nicht. Was der Hirt unter jener Ermahnung versteht, ist Sim. IX. 11, 2 deutlich bezeichnet.

Mand. IV. c. 1 spricht sich der Hirt über die Ehescheidung durchaus im katholischen Sinne aus, indem er auch für den Fall des Ehebruchs des einen Theiles das Eheband als ungelöst und unauflöslich bezeichnet. Auch selbst, wenn das Weib hartnäckig im Ehebruch verharrt, kann der Mann bei Lebzeiten desselben keine andere Frau nehmen, ohne sich selbst des Ehebruchs schuldig zu machen. Nur eine äußere Trennung kann stattfinden (Mand. IV. 1, 6).

Das Gesagte möge genügen, unsere Behauptung von dem specifisch katholischen Charakter des Hirten zu rechtfertigen. Die Lehre vom Fegfeuer dagegen können wir, wie früher schon angedeutet wurde, im Hirten nicht finden. Nicht als ob der Hirt sie in dem Sinne ausschlösse, daß sie mit seiner Lehre nicht vereinbar wäre. Er spricht sie nicht direct aus, weil sie seiner Anschauungsweise fern liegt; aber in sein System läßt sie sich recht gut einfügen. Der Hirt beschäftigt sich nicht mit den einzelnen Menschen und ihrem Schicksal nach dem Tode; aber wenden wir seine Ideen von den Vor= mauern des Thurmes darauf an, so paßt das ganz gut zu der katholischen Lehre vom Fegfeuer. Wie die Büßer hie= nieden durch Strafe geläutert werden müssen, um wieder Aufnahme in die Kirche zu finden, so mögen auch die Ab= geschiedenen, sofern sie ihre Bußzeit hienieden noch nicht ganz vollendet haben, im Jenseits noch dem Strafengel übergeben werden.

Nachträge.

I. Der Hirt des Hermas und die Geschichte des Montanismus.

Wir haben in unserer Schrift wiederholt die Beziehungen des Hirten des Hermas zum Montanismus berührt. Wenn wir hier noch einmal darauf zurückkommen, so geschieht dieß deßhalb, weil wir glauben, daß der Hirt des Hermas geeignet ist, uns über die älteste Geschichte des Montanismus, wenn auch keine geradezu neuen, so doch immerhin werthvolle Aufschlüsse zu geben. Zunächst kann der Hirt des Hermas dazu dienen, die Zeit des Ursprungs des Montanismus genauer zu bestimmen. Man hat zur Bestimmung dieses Zeitpunktes fast das ganze zweite christliche Jahrhundert durchlaufen. In der Regel wird jedoch die Mitte des zweiten Jahrhunderts als die ungefähre Zeit des Ursprungs des Montanismus angenommen. Diese Annahme bestätigt der Hirt des Hermas.

Wir haben gesehen, daß das älteste und bestimmteste Zeugniß über den Hirten, das des Verfassers des Muratorischen Fragmentes, die Abfassung desselben, in die Zeit des Bischofs Pius I. (142—157) verlegt, und dieses Zeugniß gewinnt um so mehr an Werth, je unzweifelhafter die Beziehungen des Hirten zum Montanismus sind. Der Hirt führt uns aber ziemlich deutlich in den Anfang der montanistischen Bewegung. Die neue Lehre von der Sündenvergebung wird erst von einigen Lehrern vertreten. Zwar haben wir diese Lehrer wahrscheinlich in Rom zu suchen. Aber bei der innigen Verbindung, in welcher Rom von Anfang an zu den auswärtigen Kirchen stand, wird es nicht lange gedauert haben, bis die ersten Wellenschläge der in Kleinasien entstandenen montanistischen Bewegung sich in Rom bemerkbar machten. Wir können daher auch den Ursprung des Montanismus mit ziemlicher Bestimmtheit in die Regierung des Pius I. setzen. Und wenn es nach inneren Gründen wahrscheinlich ist, daß der Hirt erst am Ende der Regierung des Pius I., wo die Furcht vor Mark Aurel schon die Gemüther beherrschte, verfaßt ist, so wird das erste Auftreten des Montanismus etwa in die Mitte (150 n. Chr.) höchstens in den Anfang des Episkopates des Pius fallen.

Weiter kann uns der Hirt des Hermas über die anfängliche Stellung der römischen Kirche zum Montanismus Aufschluß geben. Der Hirt des Hermas steht dem Montanismus zwar principiell abwehrend, aber doch conciliatorisch gegenüber. Dieselbe Stellung wird wohl anfänglich, unter dem Episkopate des Pius, auch die römische Kirche der neuen Bewegung gegenüber eingenommen haben. Wir können dieß, wenn auch der Hirt des Hermas nur eine private Leistung ist, aus den nahen verwandtschaftlichen Beziehungen seines Verfassers zum damaligen Inhaber des römischen Stuhles schließen. Auch entspricht diese vermittelnde Stellung ganz der sonst bekannten Art der römischen Kirche neu auftauchenden abweichenden Meinungen gegenüber. Es gelang jedoch den Bemühungen der römischen Kirche nicht, durch ihr Entgegenkommen die montanistische Bewegung in friedliche Bahnen zu lenken, wie dieß auch Hermas durch seine Schrift beabsichtigte. Unter den Nachfolgern des Pius, den Bischöfen Anicet und Soter, scheint vielmehr das Verhältniß der Montanisten zum römischen Stuhle ein immer gespannteres geworden zu sein, da bei dem Regierungsantritt des folgenden Bischofs Eleutherus (im Jahr 177) bereits der Bruch der kirchlichen Gemeinschaft mit den Kleinasiaten bevorstand. Damals suchten die gallischen Martyrer zu vermitteln (vgl. Eus. h. e. V. 5). Ob aber dieser Vermittlungsversuch gelang, ist zweifelhaft. Vielmehr ist es wahrscheinlich, daß damals der aus Asien kommende Praxeas den schon zum Frieden gestimmten Papst wieder umstimmte, indem er das gefährliche Treiben der Montanisten nach eigener Anschauung schilderte. Praxeas wies, wie wir von Tertullian (adv. Prax. c. 1) erfahren, den römischen Bischof auch auf die Stellung seiner Vorgänger zum Montanismus hin, welche, wie wir aus dem Hirten des Hermas wissen, von Anfang an wenigstens eine abwehrende war.

Noch wollen wir hier die Frage aufwerfen, welche jene Lehrer gewesen seien, die nach dem Hirten des Hermas Mand. IV. 3, 1 die montanistische Lehre von der Sündenvergebung vertraten. Wir haben es wiederholt als wahrscheinlich bezeichnet, daß wir diese Lehrer in Rom zu suchen und wohl als römische Presbyter zu betrachten haben. Aber vielleicht ist es möglich, diese Lehrer noch näher kennen zu lernen. Wir wollen wenigstens an die innige Beziehung erinnern, in welche Eusebius (h. e. V. 15) die römischen Presbyter Florinus und Blastus zum Anfang des Montanismus setzt. Vielleicht waren diese jene ersten Vertreter des Montanismus in Rom, von denen der Hirt des Hermas spricht. Die Verurtheilung des Montanismus durch Eleutherus mag sie dann ganz von der Kirche getrennt haben, indem jetzt Florinus sich den Valentinianern anschloß, während Blastus das Haupt der römischen Quartodecimaner wurde. Eine gewisse Verbindung zwischen den Montanisten und Quartodecimanern bestand ja auch in Kleinasien.

II. Der Hirt des Hermas und die Bußdisciplin der römischen Kirche.

Der Hirt des Hermas behandelt ex professo die Frage nach der Vergebung der schweren Sünden, insbesondere der sogenannten canonischen Vergehen, des Ehebruchs und des

Abfalls vom Glauben. Es kann daher nicht auffallen, daß die Schrift vielfach die Bußdisciplin der alten Kirche berührt und in ihrer Weise bildlich illustrirt. Namentlich spiegelt sich das Bußwesen in den Gleichnissen VI—VIII wieder. Nur Diejenigen, welche das weiße Kleid der Taufunschuld bewahrt haben, empfangen das Siegel der Zugehörigkeit zur Kirche, werden als vollberechtigte Glieder derselben betrachtet (Sim. VIII. 2, 1—4). Die Uebrigen aber, welche nach der Taufe in schwere Sünden zurückgefallen sind, werden in die Vormauern des Thurmes verwiesen, wo sie vom Strafengel je nach der Schwere ihrer Sünden eine Zeitlang gezüchtigt werden (vgl. Sim. VI und VII). Nach bestandener Bußzeit werden sie über dem Altare geprüft (Sim. VIII. 2, 5), womit nicht undeutlich auf den Empfang des Abendmahles und die vorangehende Beicht bei der Reconciliation hingewiesen wird, wie besonders die beigefügte Warnung, den Bußengel nicht zu hintergehen, zeigt.

Die Grundsätze, welche der Hirt des Hermas bezüglich der Gefallenen und ihrer Wiederaufnahme in die Kirche aufstellt, sind kurz folgende:

1. Alle, welche bisher in schwere Sünden gefallen sind, auch die in der Verfolgung verläugnet haben, können durch Buße in die Kirche wieder aufgenommen werden (Mand. IV. 3, 4 und 5).

2. Die Buße für die schweren Sünden ist jedoch nur eine einmalige. Wer wieder zurückfällt, wird wenigstens die volle Reconciliation nicht mehr zu gewärtigen haben (Mand. IV. 3, 6).

3. Dazu soll aber diese strengere Praxis, wie sie den Rückfälligen gegenüber angewandt wird, in Zukunft überhaupt gegen Alle in Anwendung kommen, welche nach der Taufe noch in schwere Sünden fallen (Mand. IV. 3, 3; vgl. Vis. II. 2, 5 sq.).

4. Diejenigen, welche in Zukunft noch in schwere Sün-

ben fallen oder wieder rückfällig werden, sollen in die Kirche nicht wieder aufgenommen werden. Sie können aber noch unter den Büßern Platz finden, wo sie bis zum Ende ihres Lebens resp. bis zum Ende der Welt bleiben müssen. Dann erst können für die Ewigkeit wieder die Schranken fallen, welche sie bisher von der Gemeinschaft der Heiligen trennten (Vis. III. 7, 5 sq. vgl. Vis. III. 5, 5).

Das sind in Kürze die Grundsätze des Hermas bezüglich der Bußdisciplin, wie sie in seiner Schrift klar dargelegt werden. Nur in Bezug auf den letzten Punkt könnten Schwierigkeiten erhoben werden, da der Hirt wiederholt die Buße als eine einmalige bezeichnet und Vis. II. 2, 8 den Rückfälligen die Verwerfung ankündigt. Allein Hermas versteht unter Buße speciell die Buße, welche die Wiederaufnahme in die Kirche zur Folge hat, wie er denn auch in diesem Sinne Vis. II. 2, 5 von der Taufe der Heiden als einer Buße spricht. Und wenn er Vis. II. 2, 8 den Rückfälligen die Verwerfung ankündigt, so handelt es sich dem Zusammenhang nach um Diejenigen, welche in der kommenden Verfolgung wieder verläugnen würden. Diesen stellt aber Hermas darum die ewige Verwerfung in Aussicht, weil er eben diese Verfolgung mit Wahrscheinlichkeit als die letzte betrachtete. Wir bleiben daher nach Vis. III. 7, 5 sq. bei der Annahme, daß auch für die Zukunft alle Sünder und Rückfälligen unter die Büßer konnten aufgenommen werden, wenn ihnen auch die öffentliche Rehabilitation oder Reconciliation für immer versagt blieb. Eine private Reconciliation beim Tode schließt jedoch Hermas auch nicht aus. Er berührt diese Frage aus früher angedeuteten Gründen nicht.

Die Grundsätze des Hirten des Hermas bezüglich der Bußdisciplin sind im Allgemeinen die Grundsätze der alten Kirche überhaupt, und wir haben sie speciell als die der römischen Kirche zu betrachten. Nur in einem Punkte weicht Hermas wenigstens von der allgemeineren Praxis der alten

Kirche ab. Darin nämlich, daß er für die Zukunft den schweren Sündern die Buße, d. i. die Reconciliation für immer versagt wissen will. Es erhebt sich nun die wichtige Frage, ob Hermas auch in diesem Punkte die damalige Praxis der römischen Kirche vertritt? Man hat vielfach angenommen, daß der Hirt des Hermas eine neue Praxis in der Bußdisciplin der römischen Kirche in der angedeuteten Weise inaugurirt habe. Diese Annahme lag auch bei den nahen verwandtschaftlichen Beziehungen des Hermas zum damaligen Bischof von Rom sehr nahe. Dennoch ist hier Vorsicht geboten. Es ist zunächst zu beachten, daß der Hirt nur eine Privatarbeit ist. Und wenn auch die Schrift sonst durchweg die Grundsätze der römischen Kirche vertritt, so ist doch weiter zu beachten, daß der Verfasser des Hirten die strengere Praxis immerhin doch erst für die Zukunft in Aussicht stellt, was bei ihm als Bußprediger und bei seinem Ausblick auf das nahe Weltende leicht erklärlich ist. Auf den Hirten des Hermas allein kann man sich daher wenigstens nicht für die Ansicht berufen, daß auch die römische Kirche zeitweilig den schweren Sündern die Reconciliation überhaupt versagt habe. Man hat sich nun weiter für die in Rede stehende Ansicht auf die bekannten Bußedicte der Päpste Zephyrinus und Kallistus berufen, welche die von Hermas eingeleitete strengere Disciplin successive wieder abgeschafft haben sollen. Allein das Bußedict des Zephyrinus erklärt sich hinlänglich durch die abweichende Praxis einiger Kirchen, namentlich der afrikanischen, welche den Ehebrechern und Unzüchtigen die Wiederaufnahme für immer versagten, ohne daß daraus folgte, daß diese Praxis bis dahin auch in Rom bestanden habe. Zwar können wir denen nicht beistimmen, welche dieses Edict als ein rein dogmatisches bezeichnen wollten. Es folgt das noch nicht daraus, daß der Papst demselben, nach der Schrift Tertullians de pudicitia zu urtheilen, eine ausführliche dogmatische Begründung beigegeben hatte. Das Edict selbst war ein disciplinäres, welches die abweichende Praxis der Afrikaner nach der milderen römischen Praxis regeln sollte. Zephyrin sagt, daß er den Ehebrechern und Unzüchtigen vergebe[1]. Er stellt damit die Praxis der römischen Kirche hin, und es fehlt an jedem Anzeichen, daß nunmehr erst in Rom wieder die mildere Praxis Platz greifen solle. Wie hätte sonst der Papst auch sofort ein peremptorisches Edict erlassen können, welches diese Angelegenheit endgültig und einheitlich für die ganze Kirche ordnen sollte? Wie hätte er so ausführlich in der dogmatischen Begründung seines Edictes die mildere Praxis als die eigentlich richtige hinstellen können, wenn dieselbe bis dahin auch in Rom nicht bestanden hätte? Wir halten also dafür, daß weder der Hirt des Hermas, noch auch das Bußedict des Zephyrinus den Beweis dafür liefern können, daß auch die römische Kirche zeitweilig den Ehebrechern und Unzüchtigen die Buße und Reconciliation ganz versagt habe. Es mag vielleicht zur Zeit des Bischofs Pius I. mit Rücksicht auf den Montanismus die Absicht vorhanden gewesen sein, die Bußdisciplin zu verschärfen, ohne daß diese Absicht zur Ausführung gelangte, weil sich bald jedes Compactiren mit dem Montanismus als unmöglich erwies. Damit ist dem Hirten des Hermas nach dieser Seite hin Genüge gethan. Aber wie verhielt es sich mit denen, welche in der Verfolgung verläugnet hatten? Wurden auch sie nicht zeitweilig in Rom von der Reconciliation ganz ausgeschlossen? Es ist zu beachten, daß der Hirt des Hermas überhaupt besonders die in der Verfolgung Gefallenen im Auge hat. Die umständliche Darlegung des Verfahrens des Mannes dem ehebrecherischen Weibe gegenüber (Mand. IV. 1) hat, wenn auch nicht einzig, so doch vorzüglich den Zweck, die Grundsätze darzulegen, nach denen die geistigen Ehebrecher von der Kirche zu behandeln sind. Auch forderte Zephyrin

---

[1] Vgl. Tertullian de pud. c. 1.

nur, daß man allgemein die Ehebrecher nach bestandener Buße wieder aufnehme, und Tertullian rügt es scharf als Inconsequenz seines Edictes, daß er nicht dasselbe auch bezüglich der Abgefallenen und Mörder fordere. Erst der Nachfolger Zephyrins, der Papst Kallistus, verkündigte auch für die Abgefallenen allemeine Buße und Versöhnung. Man könnte nun die Maßnahme des Kallistus ähnlich auffassen wollen, wie das Bußedict des Zephyrinus zu verstehen ist, so daß Kallistus erst bezüglich der Abgefallenen eine einheitliche Praxis herbeigeführt habe, während Zephyrin in diesem Punkte den Kirchen mit abweichender Praxis noch Freiheit ließ. Allein schwerlich würde eine solche Auffassung sich rechtfertigen lassen. Es scheint nach dem Bußerlasse des Kallistus, soviel wir aus den Philosophoumenen davon wissen, angenommen werden zu müssen, daß man in Rom, nicht zwar den Ehebrechern, wohl aber den Abgefallenen zeitweilig die Wiederaufnahme versagt hat, wie sich denn auch in Rom selbst unter der Anführung des Hippolytus eine heftige Opposition gegen die Verordnung des Kallistus erhob. Diese strengere Praxis bezüglich der Abgefallenen wurde zur Zeit des Hermas begonnen und dauerte bis auf Kallistus. Beim Herannahen der Verfolgung des Mark Aurel bot die römische Kirche denen, welche früher verläugnet hatten, eine allgemeine Buße und Amnestie an. Für die Folge aber trat die von Hermas angekündigte größere Strenge in Behandlung der Abgefallenen ein, bis Kallistus wieder einen neuen allgemeinen Sündenerlaß für geboten hielt, der nun den in der Verfolgung des Septimius Severus Gefallenen zu gut kam. An sich zwar würde der Hirt des Hermas die strenge Praxis der römischen Kirche den Abgefallenen gegenüber nicht beweisen können, wenn nicht der Aufsehen erregende Erlaß des Kallistus als Beweismittel hinzukäme.